보통 사람을 위한 책쓰기

보통 사람을 위한 책쓰기

초판 1쇄 발행 2020년 4월 1일

지은이 이상민

발행인 박운미
편집장 류현아
편집 김진희
디자인 [★]규
조판 박종건
교열 김화선
마케팅 김찬완
홍보 이선유

펴낸 곳 (주)알피스페이스
출판등록 제2012-000067호(2012년 2월 22일)
주소 서울 강남구 영동대로 315, 비1층(대치동)
문의 02-2002-9880
블로그 the_denstory.blog.me
ISBN 979-11-85716-91-6 03800
값 13,800원

이 도서의 국립중앙도서관 출판예정도서목록(CIP)은 서지정보유통지원시스템
홈페이지(seoji.nl.go.kr)와 국가자료공동목록시스템(www.nl.go.kr/kolisnet)에서
이용하실 수 있습니다. (CIP제어번호 : CIP2020008612)

이상민 지음

보통 사람을 위한 책쓰기

누구나 책 쓰는 시대, 팔리는 책을 쓰는 비법

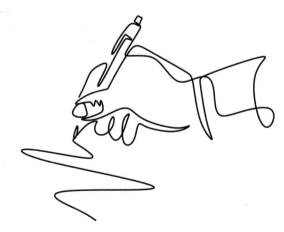

Denstory

평범한 당신도
책을 쓸 수 있다

나는 13년 차 전업 작가다. 내가 13년 전에 책을 쓸 때만 해도 평범한 사람이 책을 쓴다는 것은 생각하기 쉽지 않았다. 이제는 달라졌다. 일반인들이 독서라는 지식의 수요자를 넘어 책쓰기라는 지식의 생산자로 거듭나고자 한다. 경쟁이 치열한 현대사회에서 자기 자신의 내공과 실력을 증명하는 것, 퍼스널브랜드를 만드는 것이 어느 때보다도 중요해졌기 때문이다. 책은 자신의 내공을 일목요연하고 깊이 있게 정리하는 최고의 수단이다. 책이 베스트셀러가 되면 평범한 저자의 삶은 순식간에 극적으로 변화된다. 소위 브랜드가 되기 때문이다.

평범한 사람들의 책쓰기 전성시대가 열렸다. 평범한 사람들이 책을 쓰고 있고, 단숨에 베스트셀러 작가로 부상하는 경우를 쉽게 볼 수 있다. 그러나 아직도 대부분의 사람들은 책쓰기를 어렵게 생각하고 있다. 내가 하고 싶은 말은 간단하다. 나와 이상민책쓰기연구소의 수강생들도 처음엔 모두 평범했다.

　나의 20대 수강생 9명은 출판사에 투고를 하여 전원 기획
출판 계약에 성공했고, 그중 몇 명은 책을 낸 후 청와대에서
강연했고, 「SBS 스페셜」에 출연을 했으며, 자기계발 분야 베
스트셀러 10위권에 안착했다. 30~40대 수강생들에 대해서
는 할 이야기가 더 많다. 고졸, 전문대 출신, 지방대 출신이지
만, 종합 베스트셀러 4위에 오른 수강생도 있고, 문화체육관
광부 세종도서에 선정된 수강생도 있으며, 첫 책을 쓰고 나서
1년 동안 무려 9권의 책을 쓴 수강생도 있다. 책을 펴냄으로
써 연 100회 이상 강연을 소화하는 수강생, 박사 학위가 없는
데도 대학교수에 임용이 된 수강생, 대기업의 계열사 대표이
사로 이직을 한 수강생도 있다.

책을 쓰고 나면 저자의 삶은 혁명적으로 변화된다. 왜냐하면 자신의 내공을 세상에 증명했기 때문이다. 물론, 그렇게 되기 위해선 독자에게 도움이 될 수 있는 책을 써야 한다. 그 전제는 '자료 수집'이다. 또 융합적 사고력, 텍스트 이해력, 암기력이 필요하다. 그리고 출판 가능한 글쓰기의 형식 7가지를 지켜야 한다. 그렇게 한다면 평범한 사람도 반드시 단단한 내공을 세상에 보여줄 수 있다.

이 책에서 나는 13년 동안 책을 쓴 비결과 책쓰기 수강생 130명을 기획출판 계약에 성공시키고 베스트셀러 작가로 변화시킨 비결을 모두 담아냈다. 나 역시 지방대를 졸업한 평범한 사람이었고, 우리 수강생들도 평범한 분들이 대부분이었다. 그러나 거의 모두가 베스트셀러 작가가 되는 데 성공했고 엄청난 결과들을 만들어냈다. 이것은 결코 우연이 아니다. 내가 13년 동안 엄청난 시행착오를 겪으며 깨달은 책쓰기 비결이 있었고, 수강생들이 최선을 다했으며, 하늘의 도움이 함께 했기 때문에 가능한 일이었다. 이 책은 나의 13년의 노력과 눈물, 그리고 열정의 산물이다. 모쪼록 이 책을 통해서 평범한 당신이 책쓰기를 통해 발전했으면 한다.

_이상민책쓰기연구소에서 이상민 작가 씀

1부 책쓰기는 최고의 퍼스널브랜딩

2부 책을 쓰려는 보통 사람들에게

3부   내 책이 세상에 나오기까지

4부   글쓰기를 위해 필요한 것들

5부
출판사와 친구 되는 법

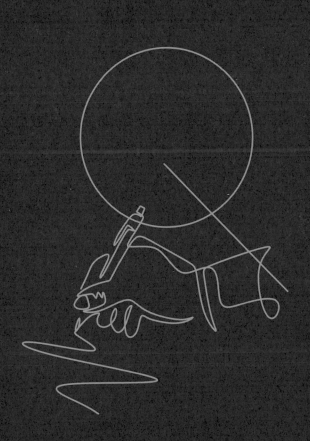

1부

책쓰기는 최고의 퍼스널브랜딩

누가 네 책을
출판해주겠니?

인생은 자신을 믿고 가는 것이다. 자신의 능력과 가능성을 스스로 믿기 힘든 점이 문제지만. 내 경험상 사람의 잠재력이란 그리 쉽게 모습을 드러내지 않는다. 자신 안에 잠자고 있던 거인은 극도로 힘들 때 일어나 용틀임을 하고 거대한 액션을 취한다. 삶이 편안할 때는 편안히 숨어 있을 뿐.

유엔 사무총장을 지낸 코피 아난도 말했다. "사람들은 도전에 직면해서야 비로소 자신이 가지고 있는 잠재력을 발견하게 된다. 자신의 능력을 발휘해야 할 필요가 있을 때까지 사람들은 절대 자신의 잠재력을 알지 못한다."

상황이 좋을 때는 애쓰지 않아도 인생은 흘러간다. 죽을 고비 정도의 힘겨운 상황에 처해야 엄청난 노력을 하게 되고, 비로소 거인이 일어난다. 자기 안에 잠들어 있던 거인이 눈을 뜬다.

처음에는 과연 내가 책을 쓸 수 있을지 의문이 있었다. 우선 교수님께 물어보았다. 목사님께도, 대기업에 다니고 있는 선배들에게도 물어보았다. 그 결과는? 책 출간에 대해 전원이 반대했다. 그 이유는 다양했다. "지방 사립대학 출신에 박사학위도 없는 네가 책을 쓴다고?" "젊고 아는 것이 그렇게 많지도 않을 텐데, 어떻게?" "몇십억 재산이 있는 건가?" 주로 이런 말을 하면서 반대를 했다. 그것도 모두가. 대학교수님과 나눈 대화 일부를 공개하겠다.

나   책을 쓰고 싶습니다.

대학교수님   어떻게?

나   그동안 많은 책을 읽었고, 저도 책을 쓰고 싶습니다.

대학교수님   명문대를 나온 것도 아닌데, 누가 네 책을 내주고 읽을 사람이 있겠니?

나   저에겐 콘텐츠가 있습니다. 쓸 자신이 있습니다.

대학교수님   먼저 지성인으로서 인정을 받고 책을 쓰도록 해라.

나	그럼 언제 책을 써도 괜찮을까요?
대학교수님	그건 나도 모르지! 한국인이 널 다 알 정도로
	유명인이나 지식인이 된 후에 써라. 지금은 네
	책을 읽을 사람이 없다.

대부분 이런 대화였다. 당시 20대 초반인 나는 교수님 말씀을 따를 수밖에 없었다. 나는 주변의 말을 들으며 책을 쓸 시도를 하지 못했다. 나는 나의 힘을 '믿지' 못했기 때문이다. 인간의 힘은 극한 상황이 되어야 증명이 된다. 직접 시도하기 전에는 자기의 능력을 모른다. 그러니 책쓰기도 시작을 해봐야 한다. 최선을 다해서 말이다.

그 후 전한길 선생님과 새벽까지 술을 마시며 대화를 나눌 기회가 있었다. 책을 쓰고 싶다고 전했더니, 선생님은 "원하는 것이 있다면 지금 즉시 해야 된다!"며 함께 쓰자고 제안하셨다. 책에 담을 내용에 대해 밤새도록 이야기를 나누었다. 그날이 시작이 되어 내 나이 25세에 첫 책을 쓰게 되었다. 전한길 선생님과 쓴 『창피함을 무릅쓰고 쓴 나의 실패기(개정판 『전한길의 성공수업』)』였다.

예전에 내가 책을 쓰겠다고 하면 세상 사람들은 "누가 네 책을 내주겠느냐? 책쓰기가 쉬운 것이 아니다"라고 이구동성으로 말했다. 지금 내가 책을 쓰겠다고 하면 사람들은 당연히 좋은 책을 쓰겠지, 하고 기대한다. 이미 책을 쓴 경험이 있기 때문이다.

처음 책을 쓸 때 나는 아직 목표를 이루지 못했고, 사회적으로 지명도도 낮았다. 그러나 책은 저자의 유명함만으로 낼 수 있는 것은 아니다. 20대에 책을 썼다고 내가 그때부터 성공을 했을까. 박사 학위가 있거나 현직 대학교수였을까. 그렇다고 돈을 많이 모았을까. 나는 아무것도 없었다. 사람들에게 도움을 줄 수 있는 내용만 있었다. 그런데 내용, 즉 콘텐츠가 있는 사람은 저자가 될 수 있다. 누구든 다른 사람에게 도움이 될 콘텐츠 하나는 가지고 있으니 누구나 책을 쓸 수 있는 셈이다.

책쓰기는 책을 쓸 용기를 가지고 실천하는 것이 성공의 8할이다. 나머지는 출판 과정에 맞춰나가면 된다. "책쓰기는 누가 하는 것입니까?"라고 내게 묻는다면, "평범한 모든 사람이 하는 것입니다"라고 하겠다. 내가 써냈듯 당신도 쓸 수 있다.

30대 흙수저가
한 달에 1억을 버는 법

13년 동안 작가로 사는 것은 결코 만만하지 않았다. 피와 땀과 눈물을 억수로 흘렸다는 표현이 어울린다. 좋은 책을 어떻게 쓸 것인가 고민하면서 머리카락이 숱하게 빠지는 경험을 했다. 새벽에 대구 수성못을 걸은 것이 수개월이고, 한강 다리에서 뛰어내려야 하나 생각한 적도 있다.

3년 전, 『방외지사』의 저자이자 한국 인문학의 대가인 조용헌 선생님 댁에 간 적이 있다. 선생님에게 내가 전업 작가를 하며 보내온 힘든 시간들을 이야기하니 "자신의 이름을 걸고 일을 하는 사람 중에 한강 다리에서 뛰어내리는 걸 고민하지 않은 사람은 없다"고 하셨다. 그만큼 내공을 쌓는 핵심은 피와 땀과 눈물을 얼마나 많이 흘리느냐에 있다는 말씀이었다.

"20세부터 40세까지 얼마나 고생을 많이 했느냐로 그 사람이 대가가 되느냐 못 되느냐가 결정된다"는 이야기도 하셨다. 그리고 "자네가 서울대, 강남 출신이 아니라 지방대, 지방 출신으로서 오직 노력해서 이 자리에 올라온 것이기에 전국 단위의 큰 승부를 겨룰 수 있는 것"이라고 하셨다.

나는 기본적으로 백수처럼 살고 싶은 사람이다. 여유롭게 조용히 살고 싶고, 혼자 지내는 걸 좋아한다. 혼자서 무언가를 생각하면서 새로운 창조물을 만들어내는 것을 좋아해 8년 동안 대구에서 독서와 책쓰기에만 빠져 지내기도 했다. 수도승처럼 살던 시절이었다. 은둔형 사색가, 은둔형 집필가의 삶에서 나오는 강력한 파괴력을 경험했다. 단절된 삶에서 나오는 연구력, 사색력이 강력한 힘으로 연결됨을, 나는 경험으로 믿는다.

원래 다른 사람들과 어울리는 걸 그리 좋아하지 않았으나, 환경이 바뀌면서 나도 180도 바뀌었다. 지금 나는 열정적인 사람으로 다시 태어나 많은 사람을 만나고 있다. 지난 4년 동안 책쓰기 강의를 하며 직접 만난 사람만 1만 명이 넘는다. 지금까지 130명 정도의 책쓰기 정규 수강생들을 작가로 데뷔시키는 데 성공했다. 대기업 임원, 대학교수, 박사, 하버드대생, 서울대생, 연예인 등 많은 분이 나를 찾아왔다.

중학교 시절에는 공부를 열심히 하지 않았다. 공부를 하지 않아도 되는 조건(?)이 있었다. 나는 잘사는 집안의 외동이었고 장손이었다. 그러나 인생은 늘 그렇듯 계획대로 되지 않는다. 계획하지 않은 대로 흘러가면서 한 사람의 삶은 만들어진다. 나도 뜻밖의 상황을 마주해야 했다. 아버지가 재생불량성 빈혈, 즉 혈액암에 걸려 대구 경북대병원에서 6개월 후 사망한다는 선고를 받게 되었다. 집안에 큰 위기가 몰려왔다. 아버지는 6개월 후 사망이라는 선고를 받았으나 10년이 넘는 시간 동안 투병생활을 하셨다. 해외에서 희귀하고 비싼 약을 구해 투약했다. 20년 전, 주사 한 대에 500만 원 하는 것도 맞게할 정도로 집안에서 아버지를 살리기 위해서 총력을 다했다.

중학교를 졸업할 즈음, 집안이 경제적으로 완전히 망하는 걸 목격하게 되었다. 고등학교 1학년 때 아버지는 돌아가셨다. 나는 잔혹한 현실과 마주했다. 그때가 되어서야 생각하게 되었다. 내가 무엇을 할 수 있고 어떻게 살아야 하는지. 나는 느꼈다. 내 힘으로 세상을 살아가야 한다는 것을. 내 힘으로 홀로서기 해야 한다는 것을. 내가 앞으로 살아갈 세상은 내가 생각한 만큼 만만치 않을 것임을 직감했다. 내가 잘할 수 있는 것이 무엇인지, 무엇을 해야 할지 생각해보아도 뚜렷한 무언가가 잡히지 않았다. 특별히 잘하는 것이 없었기 때문이다.

지금 나의 상황에서 할 수 있는 '공부'를 해야겠다고 생각했다. 운동을 하기엔 늦었고, 다른 특별한 능력이 없었다. 학교에 다니고 있으니 그저 주어진 공부를 해야겠다는 결심밖에 할 수 없었다. 공부에 몰입한 결과, 고등학교 1학년부터 3학년까지 상위권에 들게 되었다. 고등학교 시절은 지금 생각해보아도 열심히 살았던 시절이다. 가난했지만 열심히 살았기에 자신감이 있었다. 무엇이든 노력하면 1등을 할 수 있다고 믿을 수 있었다. 나의 강한 자신감과 자존감은 할아버지의 칭찬 교육이 큰 역할을 했던 게 사실이다. 할아버지는 늘 내게 "너는 장관 정도는 해야 하고, 할 수 있다"는 말씀을 밥 먹듯이 하셨다.

그런데 고3 때 총학생회장을 하며 공부에 방심했던 탓일까? 성적이 우수수 떨어져 나는 지방 사립대생이 되었다. 1997년 IMF라는 이중폭격을 맞으며 나는 어떻게 살 수 있을지 큰 고민에 빠졌다. 흙수저가 아닌 무수저인 나는 어떻게 살아가야 할까. 나에게 주어진 수저가 아예 없던 대학 시절, '학벌 천국 대한민국에서 지방대를 다니고 있는 나는 어떻게 승부를 내야 할 것인가, 한국 사회에서 나의 능력을 어떻게 증명할 것인가'에 대한 고민 속에서 허우적거리며 길을 찾아야 했다.

서울이 아닌 부산의 대학생이었던 나는 책을 스승으로 모시고 내 갈 길을 스스로 찾아야겠다는 생각에 닿았다. 책을 통해 나의 길을 발견하고자 했다. 돌아보면 어떤 순간에 어떤 스승을 만나는지가 중요하다. 혼자서는 10년 만에 이룰 것을 좋은 스승을 만나면 더 짧은 시간 안에 달성할 수 있다. 좋은 스승에게는 그런 힘이 있다. 나에게는 그 시절 스승이 책이었다. 책은 나의 삶을 근본적으로 흔들기 시작했다.

대학 시절 많은 책을 만나면서 흔들리는 인생의 길을 되잡을 수 있었다. 나도 '책을 쓰고 강연을 하는 삶'을 내 길로 만들겠다고 다짐했다. 꿈꾸던 그 일이 지금의 '내 일'이 되었다. 내 인생이 되었다. 책 읽는 일이 전부였던 20대 시절이 있었기에, 지금 나는 책 쓰는 일을 하며 살고 있다. 인생은 도박이 아니다. 철저하게 계획한 것을 매우 뜨겁게 노력해야 한다. 최선을 다해 걸어가야 한다. 무수저에, 지방 사립대 출신인 나는 스승으로 만들어진 사람이다. 책이라는 스승, 사람이라는 스승을 통해서 만들어진 사람이다. 그 결과 내가 있다.

첫 책을 쓰고 나서야 공부가 부족하다는 것을 깨달았다. 2009년부터 2011년까지 더 많은 책을 읽었다. 휴대전화를 끊고 3년 동안 매일 10~12시간씩 책을 읽거나 다큐멘터리 세상을 만났다. 세상의 구조적 흐름을 이해할 수 있는 지식, 세상 사람들이 생산적인 삶을 살 수 있도록 도움을 주는 지식을 습득하기 위해서였다. 서른이 되기 전 섭렵한 3,000여 권의 책과 3,000여 편의 다큐멘터리는 나의 자산이 되었다. 단절과 집중의 시간 동안 치열하게 밀도 있는 지식을 축적했다. 덕분에 2011년부터 2016년까지, 16권의 책을 출판할 수 있었다.

① 창피함을 무릅쓰고 쓴 나의 실패기

② 365 한 줄 고전

③ 맙소사, 아직도 대학이라니

④ 365 한 줄 독서

⑤ 일자리 전쟁

⑥ 손정의 나는 당신과 생각이 다르다

⑦ 불안하다면 잘되고 있는 것이다

⑧ 평생에 한 번은 마키아벨리를 만나라

⑨ 실전 인문학

⑩ 젊은 시절의 깊은 성찰이 인생을 바꾼다

⑪ 요즘 난 죽고 싶다

⑫ 10대, 처음 만나는 고전

⑬ 나이 서른에 책 3,000권을 읽어봤더니

⑭ 매일 읽는 한 줄 법구경

⑮ 유대인의 생각하는 힘

⑯ 독서 자본

베스트셀러 1위, 종합 베스트셀러 5위, 문화체육관광부 세종도서 선정, 카이스트 도서관 이달의 책, SK그룹 추천 도서, 교보문고 비즈프레소 독자 선정 TOP 10 등의 좋은 기록을 얻은 책들이다. 나는 독서, 책쓰기, 유대인 분야에서 내공 있는 작가로 알려지게 되었다. 지금은 그 힘을 바탕으로 보통 사람들을 대상으로 책쓰기 강의를 하고 있다. 인세와 강연, 강의로 한 달에 1억 원에 가까운 돈을 벌 때도 있다. 지방 사립대를 나온 내가, 무수저인 내가 어떻게 가능한 일인가? 나는 생각한다. 독서와 책쓰기가 내 삶을 바꾸었다고! 여러분도 해낼 수 있다. 그 길을 안내하고자 한다. 여러분의 가능성을 책쓰기를 통해 확인하기를 바라는 마음에서.

어느 대학을 나왔느냐가 아니라
어떤 콘텐츠를 줄 수 있느냐

과거에는 회사가 곧 나 자신이었다. 회사에서 급여도 주고, 주택자금도 빌려주었다. 회사 사람들과 함께 스터디를 하며 자기계발을 했다. 지금은 바뀌었다. 종신고용 개념이 붕괴되면서 이제는 회사가 나 자신이라고 할 수 없다. 이제는 회사 매출이 아니라 나 자신의 능력이 더욱 중요하다. 회사가 얼마나 성장했느냐보다 내가 얼마나 성장했느냐, 나는 어떤 분야의 어떤 능력을 가진 전문가인가, 나는 어떻게 '나'라는 기업을 이끌 것인가에 대해 고민해야 한다.

자기 브랜드의 시대, 이제는 회사 탓보다 나에 대한 고민이 깊어져야 한다. 자기 콘텐츠가 있는 사람, 자신을 스스로 마케팅할 수 있는 사람이 곧 브랜드다. 한 사람이 곧 회사다. 다음과 같은 질문을 던지며 스스로 답할 수 있어야 한다.

- 나는 어떤 일을 하고 있는가?
- 나는 어떻게 결정적인 성과를 만들 것인가?
- 내가 제공하는 콘텐츠와 서비스는 무엇인가?
- 내가 제공하는 콘텐츠는 얼마만큼의 가치가 있는가?
- 나의 고객은 어떤 편익 때문에 움직이는가?
- 나는 어떤 방식을 통해서 나의 능력을 드러내고 입증할 것인가?

인생을 너무 복잡하게 생각하지 말자. 성공을 너무 거창하게 생각하지 말자. '주거니 받거니'가 인생과 성공의 이치다. 주면 받는다. 즉, 받으려면 먼저 줘야 한다. 받을 것을 생각하기 전에 먼저 줄 것을 생각해야 한다. 내가 얻을 편익을 생각하기 전에 치러야 할 대가부터 생각해야 한다. 달콤함은 언제나 쓴 고통이 있을 때 얻을 수 있다. 사람들에게 적어도 120을 줘야 100을 얻을 수 있다. 사람은 이기적이고 자기중심적인 존재이기 때문이다. 나도, 여러분도 예외일 수 없다. 언제나 더 많이 주고 덜 받는다는 생각으로 인생을 살아가야 성공할 수 있다.

출신 대학이 좋지 않은 이들은 스스로 성공하기 힘들다고 생각한다. 그러나 천만의 말씀이다. 요즘 세상에 전혀 각도를 잘못 맞추고 있는 생각이다. 성공은 출신 대학으로 결정되지 않는다. 출신 대학 순서로 성공할 것 같으면 서울대생은 모두 성공해야 한다. 그러나 그렇지 않다. 왜일까? 사람들이 어떤 사람을 찾는 것은 출신 대학이 좋기 때문이 아니라, 그 사람에게 내가 원하는 것을 얻을 수 있기 때문이다. 그래서 줄을 선다. 사람들이 원하는 것을 줄 수 있는 사람이 성공한다. 자기 브랜드는 줄 수 있는 가치가 있을 때만 빛을 발할 수 있다. 무작정 내 마음대로 줄 수 없다. 사람들이 원하지 않는 것을 줘 봐야 짐 덩어리만 된다. '나'라는 브랜드를 콘텐츠로 판매할 수 있는 시장이 존재해야 한다. 『전쟁 기획자들』을 쓴 서영교 중원대 한국학과 교수님과 이런 이야기를 나눈 적이 있다.

나	(이런저런 이야기를 듣고 나서) 이것 참 개판인데요!
서영교 교수님	원래 세상은 개판인 겁니다. 역사적으로 개판이 아니었던 적은 없습니다.
나	그럼 어떻게 해야 합니까?
서영교 교수님	개판 속에서 시장을 장악해야 합니다.
나	시장이요?
서영교 교수님	네, 시장에서 승리해야 합니다. 즉, 돈을 벌고

	권력을 장악해야 합니다.
나	개판이라면 이 속에서의 법칙과 규칙은 무엇인가요?
서영교 교수님	세상은 개판이지만 시장을 주도하는 사람, 임금은 항상 뼈가 있었습니다. 그들이 가짜는 아니었다는 것입니다. 세상은 개판이었지만 그들은 나름의 뼈가 있었습니다.
나	그렇다면 우리는 여기에서 규칙을 도출할 수 있겠습니다.
서영교 교수님	그렇습니다. 남들에게 도움을 주는 것, 이것이 핵심입니다. 남들에게 도움을 주면 모두가 그를 따릅니다. 사람은 자기에게 도움을 주는 사람과 평생 동행합니다.

서영교 교수님과 뼈가 있는 이야기를 나눈 적이 많다. 역사에서 올라오는 통찰력으로 세상을 읽는 힘이 대단하시기에 나 또한 많은 가르침을 받고 있다. 도움을 주는 사람은 모두가 찾게 되고, 시장과 권력의 정중앙에 서게 된다.

많은 사람들이 아직도 출신 대학의 프레임에 갇혀 있는 것을 본다. 나는 명문대 출신이 아니니 책을 쓸 수 없다고 한다.

명문대 출신이 아니니 성공하지 못한다고 한다. 내가 볼 때는 말도 안 되는 소리다. 세상은 가치 제공으로 움직이기 때문이다.

책쓰기도 그렇다. 콘텐츠가 있는 사람은 쓸 수 있다. 지금 내가 지도하고 있는 책쓰기 정규 수강생은 투고한 후 대부분 출판 계약에 성공했다. 특히 20대 수강생 9명은 출판사에 투고하여 전원이 계약했다. 그들 모두가 좋은 대학을 졸업했기 때문이 아니라 사람들에게 줄 수 있는 정보가 있었기 때문이다.

그럼에도 출신 대학 때문에 책쓰기에 대해 주저하는 것을 보면 안타까운 마음이 든다. 지방대를 나와 작가가 된 나를 보지 못했단 말인가. 나는 책쓰기 지도를 하며 평범한 스펙을 가진 수강생이 베스트셀러 작가로 태어나는 극적인 경험을 셀 수 없이 했다. 이미 정답은 분명히 나와 있다. 평범한 분들을 베스트셀러 저자로 변화시킨 나의 경험이 여러분은 쓸 수 있다고 말하고 있다. 하면 되고, 안 하면 안 된다.

미래가 안 보일수록 펜을 들어라

성과를 내며 살기 위해서는 지속하는 능력이 필요하다. 한두 번, 아니 수십 수백 번 실패를 하더라도 포기하지 않고 끝까지 가는 태도다. 단 한 번 쓰러지지 않고, 단 한 번 무릎에 피 흘리지 않고 이루겠다는 생각은 말도 안 된다.

실패는 당연히 한다. 단, 최소한으로 줄여야 한다. 나이가 서른이 넘고, 마흔이 넘어가는데 계속 실패만 하고 있으면 안 된다. 성공으로 나아가기 위해선 효과적으로 도전하고 행동해야 한다.

세상의 근본 이치는 '주거니 받거니'이므로, 내가 남에게 줄 만한 무언가가 있어야 한다. 나의 콘텐츠를 세상에 널리 알려야 한다. 그러면 사람들이 모이고, 내게 기회가 오게 된다. 예를 들어, 식당을 차려서 성공을 하고 싶다면 어떻게 해야 할까? 먼저 당연히 요리를 잘해야 한다. 그다음, 내 음식이 맛있다는 것을 널리 알려야 한다. 개인의 성공도 같다.

삶에서 좋은 패를 가지고 있지 못한 사람은 좋은 패를 가지고 있는 사람보다 적어도 10배는 더 노력해야 한다. 그래야 성공할 수 있다. 자기가 불리한 패를 가지고 있는데 좋은 패를 가지고 있는 사람과 똑같은 수준의 노력을 하고 나서 "나는 저 사람만큼 노력했는데 왜 성공하지 못했지?"라고 묻는다. 너무나도 어리석다. 집안에서 많은 재산을 물려받지 못한 흙수저는 금수저보다 더 노력해야 한다. 서울대 출신이 아닌 사람은 서울대 출신보다 더 노력해야 한다.

어떤 노력을 할 것인가? 표현해야 한다. 나에게 능력이 있다는 것을. 나에게 그런 힘이 있다는 것을. 내가 그만큼 공부를 했고 실력이 있다는 것을. 한두 마디로는 여러분의 내공을 표현할 수 없다. 명함만으로 여러분의 내공을 표현할 수 없다. 과거에는 대학 졸업장으로 능력이 표현되었지만.

여러분을 표현할 수 있는 방법이 책쓰기다. 자신의 내공을 책으로 드러내야 한다. 자신의 강점을 구체적으로 드러낼 수 있는 방법이다. 그래야 사람들이 여러분의 능력을 알아보기 시작한다. 흙수저도 쓸 수 있다. 무수저인 나도 했으니 여러분도 당연히 쓸 수 있다.

　책쓰기는 자료를 기반으로 자신만의 생각이라는 필터를 통해 생산물을 창조하는 작업이다. 그 분야에 대해 박사 수준의 지식이 없어도 잘 쓸 수 있다. 책쓰기의 핵심 기반은 자료 수집에 있기 때문이다. 『미생』을 쓴 윤태호 작가는 직장생활 경험이 하루도 없지만 직장생활의 애환에 대한 『미생』을 써서 250만 부를 판매했다. 대한민국 최고의 경영 저술가로 불린 구본형은 경영학 박사 학위나 사업 경험이 없지만 『익숙한 것과의 결별』을 집필했다.

　나도 책을 쓰고 다양한 활동을 하고 있다. 칼럼을 쓰고, 방송에 출연하고, 대기업에 가서 강연도 한다. 나의 콘텐츠를 가지고 대기업 임원, 대학교수와 박사, 하버드대생, 연예인 등을 코칭한다. 책을 쓰면 비교적 짧은 기간에 자신의 내공을 보다 효과적으로 표현할 수 있다. 그래서 사업가도, 정치인도 쓴다. 이제는 보통 사람이 쓸 차례다.

책을 쓸 수 있는
사람의 미래

지금까지 교육은 '평균에서 내가 얼마나 위에 있는가'가 중요했다. 학생일 때는 서울에 있는 대학이냐 지방대냐, 졸업 후에는 대기업과 중소기업으로 나뉜다. 그러나 이제 이러한 경쟁 패러다임은 기준이 되지 못한다. 자신만의 기준을 세워놓고 평균에서 조금 더 잘하고 못하고는 의미가 없다. 평균이라는 개념을 뛰어넘어 완전히 새로운 판을 짜야 할 때다. 나는 13년 동안 책을 쓰며 나의 개성을 극적으로 펼칠 수 있었다. 나의 길을 새롭게 정의하며 개척해나갔다. 내게는 기존의 경쟁이 무의미하다.

2017년 『유로 저널(The Euro Journal)』을 통해 유럽 19개국에 대한민국을 대표하는 30대 청년작가로 소개된 적이 있다. 내가 쓴 책들은 정부, 대학, 기업, 서점 등 공신력 있는 곳에서 좋은 내용의 책으로 선정되었다. 『나이 서른에 책 3,000권을 읽어봤더니』는 한국출판문화산업진흥원 우수 콘텐츠, 카이스트 도서관 이달의 책, 교보문고 비즈프레소 독자 선정 TOP 10에 선정되었다. 『독서 자본』은 2016 문화체육관광부 세종도서에, 『365 한 줄 고전』은 SK그룹 추천 도서, 교보문고 북마스터 추천 도서(전국 10곳)에 선정되었다.

보통 사람들의 책쓰기 시대가 열리면서 사람들은 나를 찾고 있다. 한양대 공대 현직 교수, 대기업 임원들, 하버드대 교육대학원 학생, 변호사·건축사·건축디자이너 등의 전문직 종사자, 7급 공무원, 네이버에 다니는 사원, 이미 10권을 집필 및 번역하신 작가, 중학교 수학 선생님, 강남어학원장과 영어강사 등 수많은 분을 만나 책쓰기를 지도했다.

심지어 이상민책쓰기연구소의 정규 수강생이 하버드대, 스탠퍼드대 대학원 입학을 위해 추천서를 내게 부탁한 적이 있다. 나는 6개월 동안 지원자와 연구 역량, 책쓰기 능력에 관한 대화를 나누었다. 지원자를 지도한 경험을 바탕으로 두 곳에 영문 추천서를 보냈다. 책쓰기와 박사 학위 논문을 쓰는 메커니즘은 같으며, 따라서 한 권의 책을 쓸 수 있는 사람은 세계적인 수준의 연구를 잘 수행할 수 있음을 밝혔다. 책쓰기는 집필력, 연구력, 강의력이 있음을 증명하는 것이기 때문이다.

지원자는 하버드대학교와 스탠퍼드대학교에서 기쁜 소식을 들을 수 있었다. 물론 그의 뛰어난 능력 덕분에 합격했다. 책을 쓸 수 있는 역량을 강조한 것도 분명 합격에 큰 힘이 되었을 것이다. 특히 미국은 글쓰기에 대해서 중요하게 생각한다. 생각하는 힘과 대화력, 사업력, 응용력, 추상적 사고력의 근간이 쓰기라고 생각하기 때문이다. 하버드대와 스탠퍼드대는 공부를 얼마나 잘하느냐도 중요하게 보지만, 졸업 이후에 얼마나 사회에서 강력한 퍼포먼스를 내며 세계적인 지도자, 세계적인 기업가가 되느냐에 초점을 두고 입학생을 뽑는다. 서울대 졸업이 중요한가, 사회에서 성공을 만들어가는 능력이 중요한가 생각해보면 여러분도 공감할 수 있는 결과다.

무스펙으로
성과를 만들어온 나의 비결

무언가를 이루기 위해서는 강력한 동기부여가 필요하다. 사람은 한없이 게으른 존재이기 때문이다. 나도 그렇다. 하지 않으면 안 되는 상황에 직면해서야 할 수 있다. 계획한 것을 억지로, 죽기 살기로 오랜 시간 하다 보면 습관이 된다. 어느 순간에는 인생이 근본적으로 변화되었음을 느끼게 된다. 계속 이러한 과정을 밟고 있다.

부유한 환경, 노력하지 않아도 되는 환경에서는 오히려 인생이 퇴보하지 않을까. 자기 안에 잠들어 있는 잠재력은 깨울 '필요'가 있을 때 폭발한다. 그럭저럭 만족하는 삶에는 새로운 내일이 없다. 만족 없이 배우려는 태도가 있어야 사람은 성장할 수 있다. 자신의 지식과 철학을 확신하지 않아야 변화할 수 있다. 성급한 확신만큼 위험한 것도 없다. 나도 틀리고 모를 수 있다고 생각해야 배울 기회가 있다.

삶의 어떤 문제를 만나야 책을 찾아볼 생각이 든다. 마음이 편안한 상태에서는 책 생각이 안 난다. 책을 읽더라도 머리에 남는 문장이 그리 많지 않다. 책쓰기도 어느 정도 절박함이 있어야 할 수 있다. 2014년, 제주도에 1년 동안 머물며 책을 쓰려고 했다. 출판사에서 원고를 독촉했으나 환경이 너무 편안해 글이 써지지 않았다. 마음의 고민마저 사라져 전투력이 상실된 듯했다.

삶으로부터 올라오는 고민을 우리는 존중해야 한다. 최고의 작품들은 항상 어렵고 힘들 때 나왔다. 정약용은 귀양을 가서 『목민심서』를 집필했다. 최악의 상황에서 작품을 탄생시킨 것이다. 귀양이라고 하니 감이 오지 않을 것이다. 귀양은 한곳에서 한없이 시간을 보내야 하는 것이다. 귀양 간 사람은 누구인가. 능력 있는 사람이다. 요즘으로 치면 연봉 몇억을 벌 사람이다. 그런 사람이 시골에만 머물러야 한다. 얼마나 울화통이 터질까. 그뿐인가. 평생 그곳에서 지내야 할 수도 있다. 자칫 잘못하다간 사약 명령이 내려와 죽을 수도 있다. 그렇게 기약 없는 시간을 보내며 정약용은 책을 썼다.

힘이 들어야만 제대로 된 책이 나온다. 그제야 자기 자신을 내려놓고 글을 쓸 수 있다. 밑바닥에 가봐야 사람의 마음을 알고 쓸 수 있다. 잘나갈 때는 사람을 내려다본다. 그럴 때 쓰면 최악의 책이 나온다. 마키아벨리가 취직하기 위해 혼신의 노력을 다해서 쓴 『군주론』에는 절박한 마음이 담겨 있다. 동양 고전의 주옥같은 글은 모두 글을 쓴 사람이 힘들 때 나왔다.

나도 위기를 만났을 때 책을 읽고 쓰면서 생각의 활동이 자유로워졌다. 나 자신의 생각에 집중하여 허우적거리지 않고 조금은 의연하게 위기를 넘겼다. 책 속에서 발견한 나의 스승이 그때그때 답을 얻을 수 있도록 인도해주었다. 책이라는 능력 있는 스승 덕분에 나는 무너지지 않고 흔들리면서 나아갔다.

처음 만나는 책은 새로운 스승이라고 여겼다. 비판하려는 마음부터 앞세우지 않고 수용하려고 했다. 스승의 말씀을 스펀지처럼 완벽히 흡수하려고 작정했다. 나의 생각과 맞지 않는 책이라도 배울 점은 있다. 늘 배우려는 자세를 일관되게 유지했다. 겸손한 마음으로, 두려운 마음으로 책을 만났다. 공부하는 심정으로 처음 읽는 책은 밑줄을 그으며 정독(精讀)했다. 한 번 읽은 후 밑줄 친 내용을 다시 읽어야 내 책이 되기 때문이다. '반복 읽기'를 해야만 책은 내 것이 된다. 그래야 내 삶을 변화시키는 독서를 할 수 있다. 생각 속에서 새로운 생각이 나온다.

두 번째 비결은 여행이다. 여행은 마음이 조금은 너그러워지는 경험을 허락한다. 환경이 달라지면 사람의 마음이 달라진다. 여행이라는 자극을 통해 글이 시작되기도 한다. 지금도 서울에서 최소한 한 달에 한 번씩 바다나 산으로 떠난다. 자연에는 회복시켜주는 힘이 있다. 집 근처 녹색 가득한 공원만 걸어도 마음이 활짝 펴진다. 제주도에 살면서 한라산 등산을 할 때마다 내가 곱씹은 다짐은, '느리게 가도 좋다. 나는 나의 길을 간다. 느리더라도 멀리 가자'였다.

낯선 여행지의 새로운 길을 걸으면 그동안의 지식들이 정리가 된다. 사람에 대한 이해가 깊어진다. 예를 들어, 견훤의 출생지인 문경 가은읍에 가면 견훤이 이해가 된다. 인걸(人傑)은 지령(地靈)이라고 인물은 반드시 좋은 터에서 난다. 견훤의 출생지에 가보면 주변 환경의 기운이 굉장히 강함을 느끼게 된다. 왕건과 견훤의 대결을 보며 '문경의 깊은 산 호랑이와 개성 바다 용왕의 대결이었던가'라는 생각을 하게 된다.

독서와 여행은 무스펙으로 성과를 만들어온 나의 비결이다. 책쓰기는 독서와 여행을 통해서 얻은 지식을 추억으로만 남겨두지 않고 표현한, 과정의 승리였다. 나 자신도 대한민국 30대 중에서 가장 많은 책을 쓴 작가가 될 줄 몰랐다.

책쓰기는 지식의 완성을 향한 작업이었다. 자신의 책을 써봐야만 지식이 진정으로 내 것이 된다. 남을 가르쳐보아야 내가 아는 것을 제대로 알 수 있듯.

삶의 어려움이
단단한 책을 만든다

그동안 책쓰기 일대일 코칭으로 만난 대부분이 평범한 분들이라는 사실에 놀랐다. 책쓰기에 성공한 분과 실패한 분이 분명하다는 데 또 놀랐다. 책쓰기에 성공한 분들의 비결은 의외로 단순하다. 다음은 그분들의 특징이다.

- 목소리가 밝고 건강하며 힘이 있다.
- 방향을 제시하면 믿고 열심히 따라 한다.
- 마음이 열려 있고 늘 진심으로 세상을 대한다.
- 누구보다도 삶에 대해 절박함이 있다.
- 늘 겸손한 태도를 유지하고 있다.
- 평범하지만 성실한 삶을 살고 있다.

- 삶에 대한 어려움을 경험해보았다.

평범한 사람도 책을 쓸 수 있다고 했다. 그리고 행복하기보다는 오히려 좌절하고 삶의 어려움을 경험한 사람들이 써낸다. 그들은 '절박함'을 가지고 있기 때문에 잘 쓸 수 있다. 반드시 해낸다는 의지로 실천한다. 책 한 권을 단 3~4개월 안에 써낸다. 그것도 아주 훌륭한 수준으로 말이다.

나는 사람의 눈빛이 매우 중요하다고 믿는다. 해내고야 말겠다는 열정이 담긴 눈빛, 적극적이고 최선을 다해 살아가겠다는 의지의 눈빛, 어떤 지식이든 섭렵할 수 있는 총명한 눈빛. 그런 눈빛을 가진 수강생은 거의 책을 써낼 수 있었다. 현재의 스펙만 중요한 것이 아니다. 삶의 위치란 태도에 의해 롤러코스터를 타는 것이기에 뜨거우면 비상할 수 있다.

의지는 결과를 만들어낸다. 책쓰기에 성공하는 분들은 단호하게 실천한다. 내가 "3~4개월 안에 책을 쓸 수 있습니다. 다음 주부터 써보세요"라고 하면 바로 쓰기 시작한다. 3~4개월 후 결과를 낸다. 그런데 책쓰기에 실패하는 분들은 3~4개월 동안 '내가 할 수 있을까?'만 열심히 생각한다. 4개월 후에는 책쓰기에 대한 고민을 잊고 편안하게 일상생활로 돌아간다. 그렇게 하면서 삶이 변하지 않는다고 한탄한다. 무엇이라도 해야 삶이 변하지 않을까? 생각할 시간에 도전해야 한다. 도전이란 무엇인가? 성공하면 좋은 것이고, 실패해도 좋은 것이다. 왜? 이루지 못해도 성장을 위한 길을 발견할 수 있기 때문이다. 실패를 통해 삶은 도약했다고 보아야 한다.

책쓰기에 성공하는 분들은 전문가가 말을 하면 듣는다. 실천한다. 그리고 열심히 질문한다. 뚜벅뚜벅 걸어간다. 세상에 보장된 길이 어디 있나? 어디에도 없다. 하지만 그들은 믿고 따른다. 최선을 다한다. 마침내 책쓰기에 성공한다.

한 수강생이 내게 한 말이 있다. "나는 이상민 선생님이 하라는 대로만 했습니다. 그렇게 해서 1개월 만에 계약에 성공했습니다. 저도 사람을 가르치는 일을 합니다. 사람에게 가르칠 때 선생님을 전적으로 신뢰하고 실천하는 사람이 가장 큰 효과를 나타냅니다. 그러지 않은 수강생은 결과가 나타나지 않거나 늦습니다."

책쓰기에 성공하는 사람의 마음은 열려 있다. 세상을 바라보는 순수한 마음이 있다. 밝은 마음이라고 해야 할까. 건전한 마음이라고 해야 할까. 순수한 마음으로 세상을 위해 봉사하겠다는 마음을 가지고 있다. 그런 분들이 책을 잘 쓴다. 책쓰기는 순수한 마음으로 써야 한다. 책을 쓰면서 베스트셀러만 생각하면 절대로 책을 못 쓴다. 자신이 쓰면서 먼저 즐거워야 한다. 또 세상을 위해 헌신하려는 생각이 있어야 긴 레이스에서 좋은 결과를 낼 수 있다.

지금 위치에 연연하지 마라. 열심히 노력하면 모든 것이 바뀔 수 있다. 어쩌면 절박한 사람만이 좋은 책을 쓰는지도 모른다. 조용헌 선생님은 내게 이런 말을 했다. "자네가 밑바닥에서 올라왔기 때문에, 강남 출신이 아니기 때문에, 지방대를 나왔기 때문에 지금 단단한 거네. 밑바닥에서부터 온갖 어려움을 헤쳐왔기 때문에 근성이 있고 실력이 있지, 안 그러면 벌써 끝났어."

그렇다. 내가 지금 책을 쓸 수 있고, 책쓰기 지도를 할 수 있는 것은 밑바닥에서부터 올라왔기 때문이다. 지방 사립대를 졸업하고 아무것도 없는 스펙으로 책을 쓰기 시작해 한국에서 가장 많은 책을 쓴 30대 작가가 되었고, 책쓰기 지도를 하여 약 130명의 출판 계약을 이끌어냈다. 혼자서 온갖 시행착오를 다 겪으며 고민하고 고민했기에 오늘이 있었다. 수강생들도 마찬가지다. 내가 지금 최고라는 생각에 휩싸여 있으면 좋은 책을 쓰지 못한다. 절박함을 가진 사람만이 좋은 결과를 낸다. 현재 삶의 위치에 머물지 않고 궁리를 하기 때문이다. 길을 찾고자 하는 이는 반드시 길을 찾는다. 인생과 책쓰기는 심장의 온도로 결정된다.

글은 곧 삶이다. 책에는 삶이 있는 그대로 표현된다. 성실히 산 사람의 글은 문장이 다르다. 문장 속에서 뜨거움이 느껴진다. 열심히 사는 수강생의 글을 읽으면 문장 하나하나에서 그의 삶의 태도가 느껴진다. 성실하게 산 사람의 태도는 좋은 문장으로 표현되기 때문이다.

깊은 수렁 속에서 죽음의 고개를 넘어온 사람의 글은 다르다. 뜨거움은 편안함 속에서 나오지 않는다. 죽기 직전에 나온다. 어려움 속에서 나온다. 편안한 환경에서는 치열한 사고가 불가능하다. 고민이 없기 때문에 자기만의 생각을 구축하는 것도 불가능하다.

내가 지금 힘들다면 오히려 책을 쓸 기회다. 마음의 끈을 매고 펜을 들어보자. 삶의 어려움은 책쓰기의 가장 든든한 무기다. 책쓰기를 통해 평범에서 비범으로 나아갈 수 있다.

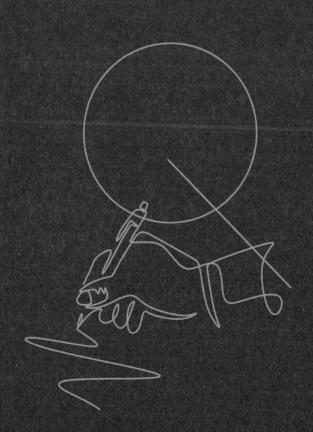

2부
책을 쓰려는 보통 사람들에게

누구나
책을 쓰는 시대

13년 동안 책을 쓰고, 4년 동안 책쓰기 지도를 하면서 깨달았다. 책은 아무나 쓸 수 있다는 것을. '아무나'가 책을 쓴 후 '전문가'로 대중들에게 인식되는 과정도 똑똑히 목격했다.

책은 고등학교 졸업자도 쓸 수 있다. 전문대를 졸업해도, 비명문대를 졸업해도, 사회적으로 성공하지 못해도 쓸 수 있다. 그리고 누구에게나 베스트셀러 작가가 될 기회가 있다. 실제 이러한 사례들은 출판 시장에서 무수히 많다. 내가 이끌고 있는 이상민책쓰기연구소의 정규 수강생들에게도.

2018년 종합 베스트셀러 1위를 각각 기록한『무례한 사람에게 웃으며 대처하는 법』이나『죽고 싶지만 떡볶이는 먹고 싶어』를 쓴 작가는 모두 2030이다. 내가 지도한 20대 수강생들 중에도 출판사에 투고한 9명 전원이 계약에 성공했다. 그들 중 저자로서의 인지도 없이도 베스트셀러 저자가 된 이들도 있었다. 비결은 무엇일까? 가장 큰 이유는 '독자들에게 도움이 될 만한 콘텐츠'를 전달했기 때문이다. 저자의 인지도에 의지하지 않고, 독자가 반응할 수 있는 콘텐츠를 담고 있었기 때문이다. 이제 책은 저자가 누구인지보다 얼마나 가치 있고 유용한 정보를 담고 있는지가 훨씬 더 중요해졌다.

책쓰기 특강을 해보면, 강의를 듣는 분들의 90퍼센트 이상이 책쓰기를 주저한다. 충분히 책을 쓸 수 있는데도 말이다. 그들이 책쓰기를 두려워하는 이유는 다음과 같다. 그 이유에 하나하나 답을 해드리고자 한다.

Q1 책을 많이 읽어야 책을 쓸 수 있는 것 아닌가

좋은 글을 쓰기 위해서는 구양수가 말한 대로 다독(多讀), 다작(多作), 다상량(多商量)이 필요하다. 그러나 한 권의 책을 쓰는 데는 그렇게 많은 독서량이 필요하지 않다. 책쓰기와 관련 있는 분야의 책을 엄선한 후, 깊이 있게 읽는다면 책 한 권을 쓰기 위해 그렇게 많은 양의 책을 읽을 필요가 없다.

Q2 글을 잘 쓰지 못해도 책을 쓸 수 있을까

책쓰기는 글쓰기와 다르다. 단순히 글을 잘 쓰는 것과 책을 잘 쓰는 것은, 쓴다는 맥락에서는 연관성이 있으나 명확한 차이점이 있다. 책을 쓸 때는 글만 잘 쓰는 것이 아니라, '콘텐츠를 생산한다'는 개념에서 써야 한다. 글만 잘 쓰고 콘텐츠가 부실하면 책이 될 수 없다. 즉, 책쓰기는 콘텐츠를 생산하는 것이다. 그러니 전할 콘텐츠가 있다면 글쓰기 기술이 능숙하지 않더라도 글을 전개하기 어렵지 않다. 다소 시간이 필요하지만 글쓰기 노하우는 훈련하면 향상된다. 문장을 유려하게 쓰는 것이 아니라 메시지를 잘 전하는 것이 글쓰기의 핵심이다.

Q3 책을 쓸 소재가, 주제가 없다면?

한 사람의 삶에는 하나 이상의 할 말이 존재한다. 즉, 콘텐츠가 존재한다. 평범한 직장인이라 하더라도 말할 거리 하나 이상은 다 있다. 20대도 하고 싶은 말은 있다. 누구에게나 주제가 있다. 책 쓸 소재가 없는 사람은 단 한 명도 없다.

Q4 평범한 내 말에 누가 귀를 기울일까

책을 쓴 사람이 유명하거나 고스펙이면 저자가 되기엔 분명 유리하다. 그러나 베스트셀러 진입에 절대적 요소는 아니다.

스펙은 출판의 한 요소로만 작용할 뿐이다. 평범한 사람들의 책이 베스트셀러가 되는 이유는, 지금 시대가 원하는 콘텐츠를 담았기에 가능하다.

사람들은 유명 저자에 반응하기보다 '그 책이 나에게 실질적으로 얼마나 도움이 되느냐'에 더 크게 반응한다. 그래서 무명인도 작가가 되는 것이다. 명심할 점이 있다. 모든 거물급 작가는 처음에는 모두 무명작가였다. 그들에게도 초라한 처음이 있었다.

Q5 서울대를 졸업하거나
박사 학위 정도 있어야 책을 쓸 수 있겠지?

나도 예전에 한 출판사 편집장으로부터 이런 말을 들었다. "최소한 박사 학위는 받고 책을 내는 것이 판매에 유리할 것입니다." 그 편집장은 분명 나를 진심으로 생각해서 한 말이었다. 이 말은 맞는 말일까? 저자의 고스펙은 분명 유리하다. 그러나 절대적이지 않다.

출신 대학이 좋지 않고 박사 학위를 받지 않더라도 얼마든지 책을 출판할 수 있다. 다만 전문적인 분야가 존재하기는 한다. 예를 들어, 심리학 분야는 저자 경쟁이 치열하다. 심리학 분야는 심리학자, 정신과 의사, 종교 지도자들이 모두 싸움을 벌이는 치열한 이종격투기 현장이다. 모두 전문가라고 말한다. 그 분야에서 정신과 의사들끼리 경쟁하듯 싸우고 있는데, 어떤 분이 내가 전문가라고 외친다. 그가 누구인가? 바로 법륜과 혜민 스님이다. 일반인들이 저자로 진입하기 조금 어려운 분야이지만 비행기를 타고 공격을 하면 된다. 저자 자체가 SNS 채널을 통해 강력한 마케팅력을 보유하고 있다면 심리학 분야에서도 승부가 가능하다. 강력한 마케팅 채널이 있다면 저자 스펙이나 나이는 문제가 안 된다. 『박막례, 이대로 죽을 순 없다』를 출판한 박막례 할머니는 인기 유튜브 크리에이터였기에 책이 종합 베스트셀러에 진입한 것이다.

Q6 해당 분야의 전문가가 아닌데 어떻게 책을 쓸 수 있을까

내가 쓴 『유대인의 생각하는 힘』이 교보문고 '내일이 기대되는 좋은 책'에 선정되어 높은 순위에 오른 적이 있었다. 내가 이 책을 쓰기 전에 이스라엘에 다녀온 적이 있었을까? 이스라엘 친구가 한 명이라도 있었을까? 둘 다 아니다. 여행 경험이나 인맥은 없었으나 썼다. 어떻게 가능했을까? 책과 다큐멘터리, 신문, 보고서 등 유대인에 대한 거의 모든 자료를 섭렵했기 때문이다. 나는 "모르니까 쓴다. 쓰고 나서 비로소 알게 되었다"라는 말의 주인공이 될 수 있었다. 이 말은 베스트셀러를 만드는 근본적인 비결이다.

한국 유수의 작가들도 이러한 방법으로 책을 쓴다. 구본형 작가의 『익숙한 것과의 결별』은 자기계발의 고전으로 불린다. 구본형 작가는 이 책을 쓰고 나서 '한국 최고의 경영 전문가'라는 말을 듣게 된다. 서울대 경영대학원에서 수년 동안 강의를 맡고, 대중 강연을 1년에 600회 이상 한다. 구본형 작가는 서강대에서 경영학이 아니라 '사학'을 전공했다. IBM에서 임원이 되지 못했다. 사업을 해본 적이 없다. 장사도 해본 적이 없다. 그런데 '한국 최고의 경영 전문가'라는 말을 듣는다. 충실한 자료 수집을 통해 책을 쓴 결과, 한국 최고의 전문가가 되었음을 확실히 보여주고 있다.

또 있다. 여러분은 윤태호 작가가 그린 『미생』을 잘 알 것이다. 250만 부가 판매된 국민만화다. 이 만화는 직장생활의 애환을 다뤄 극찬을 받았다. 핵심은 직장생활이다. 윤태호 작가는 이 책을 작업할 때 아킬레스건이 있었다. 직장생활을 단 하루도 해보지 않았다는 것이다. 그런데 직장생활에 대한 만화를 그렸으니 엄청난 아이러니다. 윤태호 작가는 자료 수집과 인터뷰를 통해서 『미생』을 그려내 극찬을 받게 된다. 직장생활을 단 하루도 해보지 않은 윤태호 작가가 그린 직장생활의 애환 이야기에 온 국민이 엄청난 반응을 보인 것이다.

이러한 예는 이 책 한 권에 다 써도 부족할 정도다. 내친김에 하나만 더 이야기하고자 한다. 『국화와 칼』은 일본 문화를 묘사한 정수로 불린다. 이 책을 쓴 작가는 일본인이 아니라 루스 베니딕트로 미국인이다. 그는 이 책을 쓰기 전 일본 땅을 밟아본 적이 한 번도 없었다. 그런데 일본에 대한 뛰어난 책을 집필했다. 어떻게? 자료 수집과 인터뷰를 통해서였다. 일본에 한 번도 가지 않고 일본에 대한 뛰어난 책을 썼다. 이것이 바로 책쓰기의 놀라운 진실이다.

전문가가 아니어도 된다. 극단적으로 말해볼까? 그 분야에 대해 잘 몰라도 된다. 그래도 책을 쓸 수 있다. 다만 그 분야를 알고 싶다면 열정과 호기심이 있어야 한다. 그래야 좋은 책을 쓸 수 있다. 나는 증권사의 애널리스트가 아니지만, 열정과 호기심으로 자료 수집을 하고 공부하여 『일자리 전쟁』을 썼다. 정신과 의사가 아니지만 『불안하다면 잘되고 있는 것이다』를 썼다.

Q7 누가 내 책을 읽어줄까

타깃독자의 범위를 잘 잡고, 그들이 반응할 수 있는 정확한 메시지를, 적절한 깊이(왕초보가 이해할 수 있는 수준)로 전달해야 한다. 경쟁 도서를 이길 수 있는 내용(독특하거나 차별화된 내용)으로 전달해야 한다. 예를 들어, 자녀 교육서를 쓴다면 다음처럼 책의 큰 방향에 대한 기획이 필요하다.

- 타깃독자: 자녀 교육에 관심이 있는 3040 주부
- 전달하고자 하는 메시지: 자녀 교육을 위한 실용적 방법
- 경쟁 도서 분석: 경쟁 도서 분석 및 콘텐츠 수집
- 글쓰기 수준: 중학교 1학년도 이해할 수 있는 수준으로 집필(단문 쓰기)

Q8 잘 쓴 문장을 읽으니 겁이 나서 책을 못 쓰겠다?

너무 잘 쓴 빼어난 문장을 보면 기가 죽는 것이 당연하다. 나도 기가 죽는다. 소설을 읽으며 어떻게 쓰나, 하는 생각이 들 때도 있다. 그러나 여러분은 소설을 쓰는 것이 아니다. 명문장을 써야 하는 것이 아니다. 여러분은 한 권의 책을 쓰는 것이다. 아름다운 문장을 담으려는 생각을 좀 덜어내라.

먼저 여러분이 말하고자 하는 메시지, 즉 주제를 명확히 정해야 한다. 글쓰기에 가장 중요한 것은 정확한 메시지 전달이다. 주제를 뒷받침할 메시지를 알기 쉽게, 간단명료하게 전달하는 데 집중한다. 아무것도 모르는 사람이 내가 쓴 글을 보고 이해할 수 있을 정도로 써야 한다. 이것만 되면 글쓰기의 1차 관문은 통과한 것이다. 다시 말하지만, 책은 독자들에게 도움

이 되는 콘텐츠를 주는 것이다. 그러니 아름다운 문장을 쓰려고 고민할 필요가 없다. 오히려 진짜 고민을 해야 할 것은 자료 수집이다. 책에 어떤 내용을 담을지가 훨씬 더 중요하다.

Q9 책쓰기의 시작을 어떻게 해야 할지 모르겠다?

책쓰기를 결심했다면 가장 먼저 해야 할 것은 주제 선정이다. 그 후 자료 수집을 한다. 내가 쓰고자 하는 주제와 유사한 콘텐츠 중심으로 책과 다큐멘터리, 신문, 보고서 등을 살펴본다. 자료 수집은 중요하므로 나중에 자세히 다룰 것이다.

자료를 바탕으로 본문 쓰기에 돌입한다. 하루에 3시간씩, 3~4개월 안에 한 권의 책쓰기를 다 끝낸다고 생각해야 한다. 글이 잘 진행되지 않으면 책쓰기에 관한 책을 읽거나 강의를 듣는 것도 도움이 된다. 중요한 것은 바로 시작해야 한다는 것! 시작하는 것에서 이미 50퍼센트는 성공한 것이다.

Q10 책쓰기는 3년은 걸리는 일 아닌가?

생각 자체가 틀렸다. 책을 1년 동안 쓰려면 못 한다. 대부분 실패한다. 책쓰기는 3~4개월 안에 끝내야 한다.

- 주제 잡기: 1개월

- 자료 수집 및 목차 확정: 1개월(최대 2개월)

- 집필: 1개월

여러분은 지금 직장을 다니고, 사업을 하고, 공부를 하고 있다. 어떤 사람도 3년 동안 매일 1시간씩 할애를 못 한다. 살다 보면 이런저런 일이 생긴다. 결국 책쓰기의 흐름이 완전히 끊어진다. 중간에 멈추게 되고 실패하게 된다. 흐름이 완전히 무너져 글을 쓸 수 없다. 자료를 망각하여 책을 쓸 수 없다. 게다가 출판 트렌드가 바뀌어 3년씩 끌면서 글을 쓰면 출판 자체가 안 된다.

지금까지 글쓰기를 지도해본 경험을 볼 때, 3~4개월 안에 써야 출간에 성공했다. 이 기간이 지나면 책쓰기의 성공 확률은 급격히 떨어진다. 이유는 단순하다. 3개월이 지나면 의지가 약해지기 때문이다. 그러나 걱정하지 마시길. 여러분은 단 3~4개월 안에 충분히 쓸 수 있다. 이것은 나를 대상으로 13년 동안 실험한 결과다. 나뿐만 아니라 정규 수강생에서 작가로 변신한 130명을 보았으니 믿어도 좋다.

Q11 첫 문장을 쓰려니 겁이 난다면?

곧바로 책을 쓰라고 하면 아무도 못 쓴다. '쓸 말'이 없기 때문이다. 자료 준비가 안 된 상태에서 머리 안에 있는 지식만으로 쓰려니 단 한 자도 못 쓴다. 책을 쓰라고 했는데 말도 안 되는 느낌을 나열하고 있다. 남들에게 도움이 되는 말을 써야 하는데 말이다.

책쓰기 수강생들에게도 같은 질문을 받았다. "선생님, 저는 언제 책을 쓰나요? 남편에게 책쓰기 학원에 등록했다니까 언제 쓰냐고 계속 묻습니다." 이것이 바로 책쓰기를 몰라서 하는 말이다. 책을 쓴다고 해서 바로 쓰는 것이 아니다. 출판 가능한 주제를 잡고, 그에 대한 자료 수집을 충분히 해야 한다. 그 후 콘셉트와 목차를 잡고 나서 본격적으로 쓸 수 있다. 그래야만 평범한 사람도 엄청나게 강한 원고를 쓸 수 있다. 쓰기의 힘은 바로 자료에 있다. 책을 쓰려면 공부를 해야 한다.

Q12 처음부터 헤밍웨이 정도는 써야 한다?

사람들이 쓰기를 두려워하는 이유는 망신당하기 싫어서다. 남 눈을 의식해 너무 잘 쓰려고 한다. 한 권도 써본 경험이 없으면서 이미 평론가다. 어니스트 헤밍웨이 책을 읽고 '별거 없군. 이게 글인가?'라고 평가한다. 나도 이 정도는 쓰겠다고 생각한다. 이미 눈높이가 말도 안 될 정도로 높아져 있다. 본인에 대한 기대치가 높아지면 한 문장도 쓸 수 없다. 충분히 쓸 역량이 있어도 발휘하지 못한다.

책을 쓰려면 거창함이라는 허울을 내려놓아야 한다. 너무 거창하게 생각하면 단 한 걸음도 걸을 수 없다. 너무 잘 쓰려고 하면 쓸 수 없다. 지금의 조건에서 결과를 내야 한다. 나도 처음 서울에 올라와서 강의를 시작할 때 이렇게 생각했다. '내가 베스트셀러 작가도 아닌데 어떻게 강의를 하지?' 그때 어머니는 내게 이렇게 말했다.

"그렇게 생각하면 안 된다. 지금 한국의 30대 중에서 너만큼 책을 많이 본 사람도, 너만큼 책을 많이 쓴 사람도 없다. 이미 조건은 충분히 갖추었다. 지금 알고 있는 지식으로도 많은 사람에게 충분히 도움을 줄 수 있다. 부족함이 드러나면 그때는 이렇게 말하면 된다. '아직 제가 30대 중반에 불과합니다. 부족한 강의를 해서 죄송합니다. 더 공부해서 다음에는 더 잘하도록 하겠습니다.' 처음부터 완벽은 없다."

너무 잘하려고 하면 무서워서 한 걸음도 못 걸어간다. 나도 이번 책을 오랜만에 써서 엄청난 준비를 했다. 다른 책들보다 압도적인 책을 쓰겠다는 생각으로 긴 준비를 했다. 그러나 마음 준비엔 끝이 없었다. 엄청난 부담감에 시작조차 어려웠다. 13년 동안 책을 쓴 나도 부담을 느끼면 한 글자도 못 쓴다. 누구나 지금 안 쓰면 죽을 때까지 못 쓴다.

써야 할 이유가
끝까지 쓰게 한다

책을 쓰겠다고 결심만 하고 3개월 안에 못 쓰는 이유는 분명하다. 절박함이 없어서다. 등 따뜻하고 배부르기 때문이다. 배도 안 부른데 안 하는 건, 삶을 주도하지 못하고 끌려가고 있기 때문이다. 정신없이 바쁜 일상에 정신줄 놓고 끌려가다 보니 시간도, 여유도, 체력도 없기 때문이다. 그럼에도 직장인들이 책을 못 쓰는 게 한편으로는 이해는 된다. 나도 종일 책을 쓸 때는 어떻게 보면 편했다. 하루 일과가 정해져 있었으니 생활이 단순했다.

- 새벽 1시   취침
- 아침 8시 30분   기상

- 아침 9시~10시 　　　　　　　식사
- 오전 10시~12시 　　　　　　　운동
- 오후 12시 30분~1시 30분 　　독서 및 집필
- 오후 1시 30분~2시 30분 　　　식사
- 오후 2시 30분~저녁 7시 　　　독서 및 집필
- 저녁 7시~8시 　　　　　　　　식사
- 저녁 8시~9시 　　　　　　　　산책
- 저녁 9시~새벽 1시 　　　　　　독서 or 집필 or 다큐멘터리 시청

하루 일과에서 보듯 독서, 집필, 다큐멘터리 시청, 운동, 산책 이렇게 다섯 가지 일이 전부였다. 그러니까 집필에 어려움은 있었지만 집중과 몰입이 쉬웠다. 더군다나 20대 청춘이었다. 글이 안 써지면 카페나 도서관에 갔다. 무거운 노트북을 들고 30분, 1시간씩 걸어가곤 했다. 나름대로 낭만이 있던 시절이었다. 카페에서 밤을 새워 원고를 다 쓰고 집으로 걸어올 때는 온몸에 진이 다 빠졌지만, 마음만은 그렇게 행복할 수 없었다. 차가운 새벽 공기를 맞으며 비몽사몽의 상태에서 무거운 노트북을 들고 집으로 갈 때의 그 쾌감을 어떻게 표현해야 할까. 세상의 모든 것을 다 얻은 기분이었다.

　지금 이 원고는 무려 3년 만에 집필하는 책이다. 3년 동안

한 권도 쓰지 못했다. 책쓰기 지도를 하느라 너무 바빴다. 그동안 5,000명이 넘는 사람들에게 책쓰기 특강을 했고, 일대일 코칭만 2,000명을 넘게 했다. 수강생들과 출판 가능한 주제를 잡고, 목차를 구성하고, 전체 원고를 읽으며 피드백을 나누었다. 글의 방향을 잡으며 약 130명의 출판 계약을 이루어냈다. 130권의 책을 지도하여 계약했다는 것은 사실상 내 책을 기획하는 것과 같다. 그렇게 시간을 보내니 내 책에 신경을 쓸 수 없었다.

절실한 마음이었다면 내 책을 쓸 수 있었겠지. 그럼에도 핑계의 말을 하고 싶다. 지금 쓰고 있는 이 책도 오래전부터 준비를 해왔다. 자료 수집을 끝낸 지도 수개월이 지났다. 그런데 일에 빠지니 원고에서 멀어지게 되었다. 그러다 이제 책을 내지 않으면 안 되겠다는 각성을 했다. 책을 쓰려면 마음을 단단히 먹어야 한다. 바쁘더라도 글 쓰는 시간을 마련해야 한다.

책쓰기에 성공하려면 책을 쓸 이유가 절박해야 한다. 절박함은 곧 뜨거움으로 나타난다. 책을 쓰는 사람은 성장 욕구가 뜨거운 사람이다. 자신의 전문성을 입증하고, 책을 통해서 무언가를 성취하려는 분이 많다. 자신의 가능성과 능력을 시험해보고자 활활 타오르는 마음을 지녔다. 결국 이런 분들이 책을 쓰는 데 성공한다.

지난 4년 동안 책을 쓰려고 하는 한 분 한 분과 만나 대화를 나누었다. 2,000명이 넘는다. 한 분씩 만나 최소 1시간은 대화를 나누었다. 대화를 하면서 내가 느낀 것은 다들 '뜨거움'이 장난이 아니라는 점이다. 책을 써야 할 이유가 분명했고, 의지와 의욕이 넘쳐났다. 밤 12시가 넘어서 찾아오는 분, 새벽 2시에 전화로 질문하는 분도 있었고, 매일 새벽 2시마다 원고를 메일로 보내주는 분도 있었다.

2017년 새해 동유럽 여행을 마치고 인천공항에 도착해 휴대전화를 켜자마자 전화가 왔다. 받았더니 엄청나게 흥분된 목소리로 "작가님의 책을 읽고 강연을 들은 뒤 흥분이 되어서 바로 전화를 했습니다. 이번 주 특강에 가기 전에 목소리라도 듣고 싶어서 전화했습니다"라고 말했다. 그분은 정규 수업에 합류해 3개월 후 투고를 해서 15곳의 출판사에서 계약 제안을 받았다.

책을 쓴 분에게는 다들 사연이 있다. '이 책이 내 눈물을 닦아줄 수 있을까?'라는 메모를 넣고 다니며 글을 쓴 분도 있다. 대기업 임원은 임원대로, 학교 선생님은 선생님대로 책을 써야만 하는 이유가 있다. 그들의 이야기를 듣고 있으면 마음이 무거워지고 책임감을 느낀다. 뜨거움이 책쓰기를 이끄는 힘이다. 그것이 끝까지 쓸 수 있는 결과를 만들어낸다.

책을 쓰겠다고 결심한 분들은 기본적으로 다 바쁘다. 잠을 줄이는 분도 있다. 술을 못 마시는 분이 술을 마시며 하소연하기도 했다. 책쓰기는 머리로 한다고 생각하지만 엉덩이와 몸으로 하는 것이다. 앉아서 치열한 지적 싸움을 벌이는 것이다.

3~4개월만 참으면 원고가 완성된다. 내 이름이 적힌 책을 내기 위한 절반의 과정을 겪은 것이다. 그렇게 생각하면 기쁘지 않은가? 3개월을 넘기면 책을 쓰려는 내 마음도 식고, 출판 트렌드도 바뀐다. 결국 시간이 흐를수록 원고가 좋아지는 것이 아니라, 책쓰기에 실패할 확률이 높다.

50퍼센트 정도 썼다고 방심하면 안 된다. 마지막 100퍼센트 집필할 때까지 절대로 방심하면 안 된다. 쓰다가 잠시 멈추면 글쓰기의 흐름이 깨져버린다. 수집한 자료를 잊어버릴 수 있다. 책쓰기는 자료를 통째로 머리에 넣고, 단 한 달 만에 뽑아내는 것이다. 책쓰기는 시간 싸움이다. 마지막까지 힘을 내면서 가야 한다.

하루 3시간, 3개월 쓰기를 위한 실천 팁

1. 새벽에 일어나 매일 2시간씩 써라.
2. 출퇴근 시간이 1시간 이상 걸리면 자료 수집하는 시간으로 활용하라.

3. 딱 3개월 동안만 저녁 약속을 잡지 마라. 책쓰기는 시간을 내는 것이 생명이다.

4. 나는 작가라고 말하고 다녀라. 스스로 작가라고 선포하고 마감일까지 원고를 다 쓴다고 알려라.

5. 책쓰기 모드로 전환해 시간과 에너지를 써야 하므로 주위 사람들에게 이해를 구해 배려를 얻어라.

6. 평소에 말을 많이 하지 마라. 말은 기운을 소진해 책 쓰는 에너지를 빼앗는다. 분위기를 산만하게 만든다.

7. 매일 하루 진행량을 달력에 표기하라. 자료 정리를 얼마나 했는지, 원고를 얼마나 썼는지 적어라. 마감일까지 다 할 수 있겠는지 항상 확인하라.

8. 하루 3시간씩, 일주일에 18시간을 내어 써야 한다. 주중에 시간을 많이 못 냈다면 주말 시간을 내어 반드시 18시간을 채워라. 시간 투자가 곧 결과를 보장한다.

9. 수집한 자료는 잘 관리하라. 자료를 늘 곁에 두고 보면서 감을 잡아라.

10. 광화문 교보문고에서 강연회 하는 멋진 모습을 상상하며 글을 써라.

평범한 그들은 왜 책을 쓸까

매주 일요일 오후 1시, 이상민책쓰기연구소에서는 책쓰기 특강이 열린다. 3년 반 동안 특강을 들은 수강생은 약 5,000명이다. 대부분 평범한 분들이다. 직장인이 가장 많다. 주로 40대 차장이나 부장급. 대기업 임원, 교수, 전문직 종사자도 있으나, 절대다수는 평범한 직장인, 학생, 주부다. 요즘에는 20대와 30대 초반도 많다. 출신 대학을 물어보면 고졸, 전문대 졸업, 지방대 졸업, 비명문대 졸업이다.

이미 일본에서는 직장인들이 자신의 업무 영역을 책으로 써서 출판하는 것이 하나의 출판문화로 자리 잡았다. 이러한 문화가 미국, 일본을 거쳐 한국으로 왔다. 현재 한국의 책쓰기 문화는 평범한 분들이 주도하고 있다.

그렇다면 평범한 그들은 왜 책을 쓰려는 것일까? 그들이 책을 쓰려는 이유는 자신의 존재를 드러내기 위해서다. 평범한 사람들이 자신의 가능성을 키우기 위해 글을 쓰려는 것이다! 실제로 투고를 해서 출판 계약에 성공한 20대 수강생들이 스펙이 좋거나 명문대 출신도 아니다. 저자 자신이 타깃독자였기에 자신의 경험으로 독자들을 만족시킬 수 있었다. 평범함이 오히려 더 큰 강점이다. 평범하기에 평범한 사람들의 마음을 누구보다도 잘 알기 때문이다. 평범하기 때문에 오히려 비범한 사람들을 압도할 수 있다! 이 명제를 믿고 시작하면 된다.

직장인들은 승진을 위해서, 이직을 위해서 책을 쓴다. 실제로 대기업 임원을 그만두고 책쓰기를 한 수강생은 기업의 대표이사로 이직하는 데 성공했다. 직장을 다니며 강연을 하면서 자신이 하고 있는 사업체 매출이 5배 이상 급증한 사례도 있다. 평범한 사람들은 자신의 전문성을 입증하기 위해, 신뢰와 평판을 쌓아 브랜드를 만들기 위해, 삶의 가능성과 영역을 확장하기 위해 책을 쓴다. 사람 인생이 계획대로 되는가? 하나도 안 된다. 책쓰기는 그런 무계획과 불확실로 펼쳐지는 세계에서 새로운 기회를 주는 삶의 무기다.

더 이상 한국에 안정된 직장은 없다. 이제는 누구든 회사를 믿기보다는 자신의 브랜드를 고민한다. 내가 곧 브랜드고 기업이라는 인식을 하기 시작했다. 1997년 외환 위기 이후 20년 동안, 박사 학위 취득이 유행처럼 느껴질 정도였다. 박사가 너무 많아졌다. 서울대 심리학 박사라고 해도 어떤 구체적인 능력이 있는지 학위만으로는 표현하기 힘들어졌다. 그래서 책을 쓰기 시작했다. 직장인들의 자기계발 일환으로 책쓰기가 붐이 된 것이다.

책을 쓴 사람은 박사이거나 전문가로 여겨진다. 특히 강연 시장에 가보면 더 확실히 느낄 수 있다. 작가에게는 강연 제안이 들어온다. 그 분야의 전문가로 인식이 되면서 컨설팅 사업도 할 수 있다. 영어책 분야에서 스타 저자가 되면 수입이 순식간에 몇 배 이상으로 뛰기도 한다. 수강생들이 책을 쓴 강사를 전문가로 보기 때문이다. 즉, 책이 신뢰와 평판의 매개체인 셈이다. 과거에는 이런 역할을 명문대 졸업장이나 박사 학위, 고시 합격, 의대 진학이 대신했다.

지금은 시대가 바뀌었다. 지금은 퍼포먼스의 시대이자 가치 교환의 시대다. 이제는 자기 콘텐츠가 있는 사람이 시대를 주도한다. 퍼포먼스를 내는 사람이 주인공이 된다. 실제로 지금은 대학 졸업장, 박사 학위 대신 퍼포먼스를 내는 것이 월등히 중요해졌다. 사회가 완전히 바뀌어 요즘에는 자기 콘텐츠가 있는 사람이 명문대 법대 출신보다 우위를 점할 수 있다.

책을 써서 자기 콘텐츠를 증명하는 사람이 전문가인 셈이다. 책을 쓰면 그 분야의 전문가로서 새로운 삶의 가능성이 생긴다. 다른 삶으로 한 걸음 나아갈 수 있다.

지금의 조건으로
결과를 내라

명문대 박사 학위를 받으면 작가가 되는 데 유리한가? 맞다. 유리하다. 틀림없이 부인할 수 없는 사실이다. 그러나 지금 명문대 출신 박사가 아니라면 바로 책을 써야 한다. 박사 학위를 받으려고 10년씩 보낼 필요가 없다. 바로 도전하는 방법을 권한다.

현재 자신의 스펙이 부족해서 스펙을 높이고 책을 쓰겠다는 분들이 많다. 그런데 말처럼 쉽지 않다. 대기업 임원이 되고 책을 쓰겠다고 하는데 아직 멀었다. 박사가 된 후에, 부자가 된 후에 책을 쓰려니 영원히 쓰지 못하는 것이다.

막상 화려한 스펙을 쌓았다고 작가로서의 성공이 보장되는가? 안 된다. 책 출간을 보장할 수 있는가? 안 된다. 꿈꾸던 위치에 오르면 전혀 다른 세상이 눈에 들어온다. 대기업 임원만 되면 다 이룰 것으로 생각했는데, 막상 되어보면 다르다. 임원이 너무 많은 것이다. 책을 쓰려니 부족하다는 생각이 들어 또 뭔가를 준비한다. 이제는 책 쓸 체력이 안 된다. 그렇게 준비만 하다 끝난다.

지금의 조건으로 결과를 못 내면 영원히 못 낸다. 현실은 늘 가혹하다. 언제나 나에게 호의적인 때는 없다. 앞으로도 그럴 것이다. 모든 사람들이 처한 조건이 그렇다. 나는 하버드대생, 스탠퍼드대생, MIT생도 만났다. 이들에게 책쓰기를 지도했다. 그들에게 고민이 없겠는가. 절대 아니다. 모두가 인생의 많은 고민을 안고 살아간다. 똑똑하다는 사람들도 치열한 삶의 링 위에서 싸우는 고독한 파이터다. 어떤 능력이 있다고 해서 삶이 쉬운 것은 아니다.

대기업 임원들에게 책쓰기 코칭을 하면서 느낀 점이 있다. 그들에게도 삶이 만만치 않다는 것이다. 가슴 한구석에는 비장함이, 또 한구석에는 누구보다도 열심히 노력하는 성실함이 느껴졌다. 링 위에서 열심히 땀을 흘리는 선수였고, 지금도 학생이었다. 누구보다도 뜨겁고 섬세한 마음을 지닌 그들을 보며 삶은 역시 끝나지 않는 승부구나, 계속 최선을 다하자고 다짐했다.

책을 쓰며 너무 힘들어서 꺼이꺼이 운 적이 있다. 나의 한계가 여기까지인가, 라는 생각에 극도의 우울감에 빠졌다. 늘 불안하고 떨리는 마음으로 살아와서 『불안하다면 잘되고 있는 것이다』라는 책까지 썼다. 내가 그동안 얼마나 불안에 대해 많은 생각을 했는가를 보여주는 책이다. 스펙 없이 책을 쓰기 시작하면서 겪은 어려움의 기록이다.

지금은 대한민국 30대 중에서 단행본을 나만큼 많이 쓴 사람은 없을 정도다. 그렇지만 지금도 나는 여전히 많은 고민 속에서 산다. 글을 쓰고 강의를 하는 것은 여전히 새로운 도전의 연속이다. 늘 부족함과 괴로움을 느끼는 것이 살아 있다는 의미려니 하고 받아들인다. 더 채운 다음에 실전으로 들어갈 만큼 인생은 길지 않다. 시간이 없다. 오직 지금 승부를 내야 한다. 그러지 않으면 기회는 영원히 주어지지 않는다.

그러니 책을 쓰기로 결심했으면 지금 바로 써야 할 때다. 언제 박사 학위를 받고, 언제 대기업 임원이 되겠는가? 설령 된다고 해도 언제나 승부는 만만치 않다. 그 상황이 되면 비슷한 위치의 수많은 사람과 다시 경쟁을 해야 한다. 그 위치에 올라도 부족함을 느낀다. 지금 도전하지 않는 사람은 언제나 도망친다. "더 준비하고 할게요!"라고 말하지 말자.

나는 언제나 수강생들에게 말한다. "일기장을 쓰지 마세요. 책을 쓰세요"라고. 내가 보면 일기장, 남이 보면 책이다. 나 혼자만 보는 일기장이 아니라, 남들이 보는 책을 써야 한다. 이러한 관점에서 책에 관한 다음 네 가지 결론이 나온다.

- 책은 남이 볼 수 있는 가치를 제공해야 한다.

- 시대 흐름을 반영해야 한다.

- 독자들이 책을 보는 데 투자한 시간과 돈보다 더 큰 가치를 제공해야 한다.

- 경쟁 도서를 압도해야 한다.

그렇다면 작가는 누구인가? 작가는 대중독자들이 원하는 것을 쓰는 사람이다. 독자에게 빙의하여 독자가 할 말을 대신 해야 한다. 독자 입장에서 문제를 해결하고자 애써야 한다. 즉, 작가는 독자를 위한 대변인이고 문제 해결자다.

글이 막힐 때 우리가 떠올려야 할 단 하나의 존재는 독자다. 내가 수강생들에게 늘 하는 말도 "언제나 독자 입장으로 생각해야 한다"는 것이다. 독자 입장에서 고민할 때만 독자들을 만족시킬 수 있다. 그러니까 책은 내가 하고 싶은 말을 하는 것이 아니다. 독자들이 관심이 단 1도 없는 내 이야기를 열심히 하면 안 된다. 독자들이 관심이 있는 것을 말해야 한다. 내 이야기라 하더라도 독자의 관심 범위 내에서 해야 한다.

콘셉트를 잡을 때도 마찬가지다. 독자 입장에서 보면 반드시 답이 보인다. 예를 들어, 창의성에 대한 책을 쓰겠다고 해보자. 어떤 말을 해야 할까. 독자에게는 창조의 중요성에 대한 메시지보다는 '창의성 키우는 방법'이 더 필요하다. 창의성이 중요하다는 메시지는 너무 상투적이어서 굳이 책을 읽지 않아도 다 읽은 기분이 든다. 다시 독자 입장이 되어 책을 보면 답이 보인다. 개인을 위한 창의성 키우는 방법을 쓸 것인가, 조직을 위한 창의성 키우는 방법을 쓸 것인가. 개인을 위한 창의성 키우기는 개인의 발전과 연결된다. 자기계발할 수 있는 요소가 있기 때문에 책을 볼 유인이 확실해진다. 반면 조직을 타깃으로 하면 개인보다는 조직의 성과를 올리기 위해 필요하다. 그런데 조직의 성과에 대한 이익은 도대체 누구를 위한 것인가. 팀장인가, 팀원인가 뭔가 불분명하다.

마케팅 분야 도서를 기획 및 집필할 때도 이런 시각에서 생각해볼 수 있다. 누가 이 책을 읽을 것인가, 그들은 왜 읽어야 하는가, 독자가 어떤 구체적인 도움을 받고 현실적 변화를 도모할 수 있을지 스스로 답해보자. 마케팅 책도 타깃에 따라 세부적인 분야로 나뉜다. 가장 넓은 독자층은 왕초보다. 어느 영역이나 왕초보 독자가 가장 많으며, 마케팅 분야도 예외가 될 수 없다.

이제 구체적인 대상을 잡아야 한다. 개인 사업가, 마케터, 직장인, 대학생? 타깃은 책을 쓰고자 하는 목적, 출간 후 마케팅 방안과 함께 판단해야 한다. 앞으로 어떤 대상에게 강의할 것인가, 왜 책을 쓰는가도 함께 고려해야 하기 때문이다.

전문 마케터는 왕초보 대상 책을 안 본다. 게다가 전문가 시장은 넓지 않다. 즉, 전문가 대상 책은 베스트셀러가 될 가능성이 높지 않다. 대학생은 당장 취업하기도 바쁘고 정신이 없어서 이러한 도서에 별로 관심이 없다. 개인 사업가나 직장인을 대상으로 해야 시장이 좀 더 넓어진다. 이 중에서 1차 타깃을 누구로 잡아야 할까? 직장인은 개인 사업가보다 마케팅을 열심히 할 필요가 없다. 대기업 직장인에게 마케팅 강의를 하면 회사에서 들으라고 해서 억지로 강의를 듣는 사람들이 대부분이다. 반면 개인 사업가는 마케팅 없이 살아남지 못한다. 그들에게 마케팅은 생존 그 자체이므로 적극적으로 마케팅 강의에 참석한다. 따라서 마케팅 분야 도서는 직장인보다는 개인 사업가를 타깃독자로 잡고 쓰는 것이 판매에 좋다.

이제 타깃독자인 개인 사업가가 진짜 원하는 것이 무엇인지 조사할 필요가 있다. 직접 현장의 사람들과 대화를 해보는 방법, 자료 조사 차원의 독서도 있다. 이 두 가지 방법을 통해 타깃독자의 니즈를 정확히 파악할 수 있다. 독자 고민을 담아야 책은 팔린다. 문제 해결력이 있는 도서는 베스트셀러 안착까지도 가능하다.

독자들은 저마다 책을 보는 이유가 있다. 독서 활동에 기대하는 부분이 있다. 그 지점을 정확히 잡고 가야 한다. 그래야 책의 중심 방향과 콘셉트를 예리하게 잡을 수 있다. 저자를 위한 일기장을 쓰지 말고, 독자를 위한 책을 써라.

책쓰기의 핵심을 묻는다면, 나는 주저하지 않고 이렇게 말하고 싶다.

"책쓰기는 자료 수집이다. 내 말이 맞는다는 것을 입증해줄 수 있는 자료를 찾아야 한다. 그 자료에서 승부가 난다. 즉, 내 말에 힘을 실어줄 수 있어야 한다. 독자들을 설득하지 말고 독자들이 스스로 납득해야 한다. 그리고 내 목소리를 더해야 한다. 작지만 구체적인 실천 팁을 제시해줘야 한다. 책을 읽기 전과 후의 삶이 1인치라도 달라지게 만들어줘야 한다. 그래야 책을 읽었다는 기쁨을 느낄 수 있다."

경제 급성장 후 출판 시장의 베스트셀러 성격도 변화했다. 과거의 책은 열심히 하면 성공한다는 내용이 주를 이루었다.

지금은 그런 내용을 쓰면 안 된다. 요즘 책에는 실용적인 코드가 담겨야 한다. 구체적으로 책의 메시지를 실천할 수 있는 조언을 제공해야 한다. 일반 독자들이 부담 없이 바로 실천할 수 있는 실천 편을 만들어줘야 한다. 책을 읽고 스스로 삶이 변화되었다는 것을 느끼도록 해주는 것이다. 이제 글 쓰는 사람은 이론이 아니라 실용을 생각해야 한다.

평범한 사람도 책쓰기에서 걱정할 필요가 없다. 사람들이 충분히 납득할 수 있도록 공신력 있는 정보로 중무장해 써나가면 되기 때문이다. 공신력 있는 자료는 무엇인가? 한마디로 이론에 힘을 더해주는 사례다. 자료를 모을 때는 단행본 외 대학 교과서, 해외 유명 대학의 연구 자료, 다큐멘터리 등을 통해 검증된 사례를 수집한다. 사람들에게 도움이 되는 메시지를 전달하고, 내 말이 맞다는 것을 근거 자료를 통해 확실하게 보여주면 된다. 그러면 사람들은 고개를 끄덕인다. 내가 말한 실천 팁을 믿고 실천하면서 삶의 변화를 경험하게 된다.

어떤 사람이 책쓰기 노하우가 전혀 없다고 해도 책을 쓸 수 있다. 무슨 소리냐며 독자들은 머리를 갸우뚱할 것이다. 그때 나는 말이 되는 소리라고 이렇게 말한다. "자, 봐봐. 몰라도 쓸 수 있어"라고. 그러면서 다음의 사례들을 들고 온다.

- 이상민, 『유대인의 생각하는 힘』 : 이스라엘에 한 번도 가지 않고 유대인 책을 집필했다.

- 구본형, 『익숙한 것과의 결별』 : 경영을 한 번도 해보지 않고 경영 분야 책을 썼다.

- 루스 베니딕트, 『국화와 칼』 : 일본을 한 번도 가지 않은 미국인이 일본 도서를 집필했다.

- 윤태호, 『미생』 : 직장생활을 하루도 해보지 않은 상황에서 직장생활에 대한 책을 집필하여 공감을 얻었다.

저자가 가정교육이 뒷받침되지 않은 상황에서는 학교교육이 좋은 결과를 못 낸다고 말했다고 해보자. 독자들은 가정환경이 엉망인 사람은 성공을 못 한다는 말이냐고 대꾸할 것이다. 그때 저자는 이렇게 말한다. "자, 봐봐. 가정교육이 뒷받침 안 되면 학교교육은 의미가 없어." 그러면서 공신력 있는 자료를 들고 온다. 내가 쓴 『365 한 줄 고전』 내용이다.

"1960년대 존스홉킨스대 사회학과 제임스 콜먼 교수가 무려 4,000개 학교에서 62만 5,000명의 학생을 대상으로 조사한 결과, 학교보다는 가정환경이 성적에 가장 큰 영향을 미치는 요인이라는 결론을 내렸다. 즉, 부모의 삶의 태도와 포부, 교육에 대한 열의 등이 자녀에게 절대적이라는 것이다. 미국에서 가정교육에 상대적으로 소홀한 흑인 가정에서는 성적이 낮고 비행 청소년도 많이 나온다. 미국 정부에서는 흑인 학생들의 성적을 높이고 탈선을 낮추기 위해 많은 노력을 했지만, 실패했다. 가정교육이 뒷받침되지 않았기 때문이다."

이렇게 말하면 사람들이 납득을 한다. 그냥 말하면 아무도 안 믿는 것을 공신력 있는 자료를 들고 오니 믿는 것이다. 책 쓰기는 무엇인가? 자료 찾기다. 구체적으로 말하면 내 주장에 힘을 실어주기 위한 자료 찾기다. 혹시 내가 놓치고 있는 메시지, 그러나 독자들에게 도움이 되는 메시지를 발굴하기 위한 자료 찾기다. 결국 책쓰기는 이론과 사례 수집의 과정이라 해도 과언이 아니다. 우리는 이론과 사례를 통해 전하려는 메시지를 가다듬어 힘을 실을 수 있다.

그래서 우리는 말하고자 하는 메시지를 중심으로 이론과 사례를 최대한 많이 모아야 한다. 우리 주장에 힘을 실어주는 자료를. 설득하지 않고 납득하도록 만들 수 있는 힘은 문장력에 있지 않다. 공신력 있는 자료에 있다. 자료가 메시지에 힘을 주는 것이다.

책쓰기는
몸쓰기다

책은 천재적인 두뇌로 쓰는 것이 아니다. 거의 모든 지식을 암기해서 쓰는 것도 아니다. 그저 앉아 있기 때문에 쓸 수 있는 것이다. 어니스트 헤밍웨이는 "글 쓰는 일은 별거 없다. 그냥 타자기 앞에 앉아서 피를 흘리면 된다"고 했다. 그저 앉아 있는 것이 중요하다.

무라카미 하루키는 『파리 리뷰』 2014년 여름호에서 이렇게 말했다. "새벽 4시에 일어나 5~6시간 글을 씁니다. 오후에는 10킬로미터를 뛰고 1,500미터를 수영한 후 책을 읽고 음악을 듣다가 밤 9시에 잠이 듭니다. 저는 이런 일상을 조금의 변화도 없이 매일 반복합니다. 반복은 중요합니다. 최면과 같은 겁니다. 더 깊은 내면으로 저를 이끌어줍니다. 하지만 이런 반복적인 생활을 오래 지속하려면 많은 정신력과 체력이 필요합니다. 그래서 긴 소설을 쓰는 것은 생존 훈련을 하는 것과 같습니다. 강인한 체력은 예술적인 감수성만큼이나 중요합니다."

책을 한 번도 안 써본 사람은 책쓰기는 노동이 아니라고 생각한다. 그러나 몸이 힘든 일이다. 머리도 힘들지만, 몸이 가장 힘들다. 책을 쓰다 보면 건강에 무리가 올 수 있다. 나도 대구에서 한창 책을 쓸 때는 도저히 안 되겠다 싶어 헬스클럽을 끊어 운동을 했다. 매일 10킬로미터를 뛰고 웨이트 트레이닝도 하루 1시간씩 꼭 했다.

책을 한창 쓰다가 어느 날 이런 생각이 들었다. '이러다 죽는 거 아냐? 이러다 죽을 수도 있을 거 같은데!' 그래서 당장 책 쓰다가 죽은 작가가 있는지 인터넷 검색을 해보았다. 그랬더니 실제로 책 쓰다가 죽은 작가가 한둘이 아니었다. 정말 많았다.

책을 쓰려면 매일 3시간은 앉아 있어야 한다. 그렇게 하지 않으면 절대로 완성되지 않는다. 책을 쓰겠다고 해놓고 집에 와서 3시간도 앉아 있지 않는데, 어떻게 책이 완성될 수 있는가. 막상 써보면 몸과 관련이 높다는 것을 알게 될 것이다.

나는 그동안 책쓰기 수강생들을 많이 지켜보았다. 원고가 완성될 즈음 그들의 얼굴이 변하는 것을 똑똑히 목격했다. 반드시 몸의 변화가 생긴다. 그래서 평소에 관리를 잘해야 한다. 개인적으로는 마그네슘 복용을 권한다. 책 쓰는 동안에는 식사를 더 잘 챙겨 먹고, 틈틈이 걸어야 한다. 특히 잠을 잘 자야 한다. 나는 책 쓸 때는 잠을 더 많이 자려고 노력한다. 여러분도 책쓰기는 몸으로 하는 노동임을 알고 몸 건강부터 챙겨라.

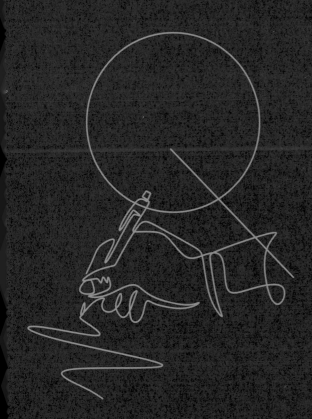

3부

내 책이 세상에 나오기까지

완벽히 새로운 주제는 없다

수강생들이 내게 자주 하는 질문이 있다. "같은 주제의 책이 이렇게 많이 나와 있는데 내 책을 내도 될까요?"

결론적으로, 같은 주제의 책이라도 쓸 수 있다. 내가 더 좋은 책을 써서 시장을 뚫고 나갈 수 있다. 출판 가능성의 근거는 무엇인가? 내가 쓸 주제에 시장성이 있는지는 어떻게 판단하는가?

해당 주제의 책이 잘 팔리고 있는지 온·오프라인 서점의 순위를 통해 파악할 수 있다. 장기적으로 꾸준히 팔릴 주제인지 객관적으로 살필 수 있다. 예를 들어 '말투'라는 주제가 있다. 이 주제의 책은 끊임없이 나온다. 대부분의 사람들은 이렇게 많이 나오는데 내 책의 경쟁력이 있을지 몰라 책쓰기를 주저

한다. 그러나 꾸준히 출간되는 주제이므로 내 책 또한 승산이 높다.

이때 먼저 나온 책을 이길 수 있는 방법은 무엇일까? 같은 주제의 이야기라도 다른 방향에서 할 수 있다. 조금 다른 방향으로 접근해 비어 있는 시장을 공략할 수 있다. 말투에 대한 책을 쓴다고 했을 때 약간 콘셉트를 틀어서 책을 써도 된다.

예를 들어, 2018년 상반기 종합 베스트셀러 1위『무례한 사람에게 웃으며 대처하는 법』이라는 책이 있다. 이 책은 말투 분야에서 고전적인 콘셉트를 약간 비틀어 시장을 창조하면서 종합 1위가 되었다. 책을 잘 쓰기 위해선 공부를 해서 다른 책보다 더 잘 쓰거나, 꾸준히 팔리는 주제 안에서 나만의 이야기를 찾아 경쟁하면 된다.

하나의 주제를 가지고도 각각 다른 책이 나온다. '직장생활 잘하는 법'에 대한 책을 쓰라고 하면 일하는 태도, 성공한 경영자의 노하우 등 다른 책이 나올 것이다. '독서'에 대한 책도 마찬가지다. 속독에 대한 책을 쓸 수 있고, 정독법이나 초서법, 독서 리뷰의 방식으로 쓸 수 있다. 독서가들을 인터뷰해서 책을 쓸 수도 있고, 정약용 독서법을 쓸 수도 있다. 그렇기 때문에 전혀 염려할 필요가 없다. 같은 주제를 다루더라도 굉장히 다른 책이 나올 테니까. 여러분의 얼굴과 성격, 경험이 모두 다르듯. 하늘 아래 완벽히 다른 것을 찾기보다는 익숙한 것에서 조금 다른 것을 찾도록 해라.

그리고 책에서 말하고 싶은 내용을 미리 개인 SNS 채널을 통해 알려라. 이제 저자는 글에 대해서만 고민하면 안 된다. 앞으로 책을 내는 작가들은 책쓰기에 머물지 말고 온라인 채널을 구축하는 일에 노력해야 한다. 특히 처음 글을 쓰는 저자는 그래야 독자도 알아준다. 개인 채널을 활성화하여 예비독자들과 소통을 늘려나가야 한다. 무료 강연을 하는 것도 마다하지 않아야 한다. 무료 강연과 무료 코칭으로 성공한 사례가 많이 있다.

그 책은 왜
베스트셀러가 되었나

왜 평범한 사람들이 쓴 책이 베스트셀러가 되는 줄 아는가? 바로 평범한 시각이 독자의 욕구와 맞닿아 있기 때문이다. 누가 100억대 부자가 되었다고 하면 독자들은 반응하지 않는다. '그건 그냥 너 잘났다는 소리고!' 한다. 따라가기에 너무 먼 이야기, '10년 동안 노력해서 100억 부자' 되는 법보다 '1년 내에 5억 부자' 되는 법이 더 솔깃하다. 독자들에게 나도 할 수 있겠다, 그것도 쉽게 할 수 있겠다는 믿음을 불러일으켜야 한다. 대중들은 빨리, 쉽게 결과를 얻고 싶어 한다. 고생하라고 하면 모두 도망가버린다.

『27년 동안 영어 공부에 실패했던 39세 김 과장은 어떻게 3개월 만에 영어 천재가 됐을까』라는 책은 왜 베스트셀러가 되었을까? 물론 여러 이유가 있다. 그중 하나가 나도 쉽게 할 수 있다고 자극했기 때문이다. 이 책은 한마디로 말하면 이렇다. '야, 김 과장, 27년 동안 영어 공부 실패했지? 걱정하지 마. 내가 3개월 만에 해결해줄게.' 그리고 실현 가능한 목표를 잡는다. 3개월 후 30분 동안 외국인과 프리토킹 달성! 그러니 사람들이 산다. 나도 쉽게 할 수 있겠다는 생각이 들기 때문이다.

엄청난 고스펙은 평범한 사람에게는 달나라에 별 떠 있는 소리다. 아주 허무맹랑한 소리다. 100억 원을 어떻게 버나. 너무 멀다. 그것보다는 실현 가능한 말을 해야 한다. 『부의 추월차선』이라는 책이 있다. 왜 베스트셀러가 됐을까? '쉽게'라는 포인트를 자극했기 때문이다. 이제 모든 직장인은 직장생활을 성실하게 해서 부자가 될 가능성이 없다는 걸 알고 있다. 사람들은 '나도, 쉽게, 빨리'에 크게 반응한다.

『말투 하나 바꿨을 뿐인데』는 왜 종합 베스트셀러 1위가 되었을까. 직접 책을 출판한 노종한 대표님과 이야기를 나누었다. 노 대표님은 "말투를 하나만 바꾸면 삶이 완전히 바뀐다니 사 보는 거지요. 말투 하나 바꾸는 거 얼마나 쉬워요. 그런데 삶이 바뀐대요. 그러니 사 보는 겁니다. 너무 쉽게 삶이 바뀌니까요"라고 말했다. 책은 '나도, 쉽게, 빨리'를 자극해야 한다. 요즘 사람들은 빠른 결과를 원하고 있다. 군더더기 있는 이야기, 삶에 직접적인 영향이 없는 이야기에 반응하지 않는다.

에세이를 쓰더라도 그렇다. 『나는 나로 살기로 했다』는 꽤 많이 팔렸다. 방향이 명확한 책이다. '나는 나로 살겠다. 성공하든 실패하든 나로 살겠다. 당당하게 멋지게!' 이 책의 핵심이다. '남의 눈치 보고 살면 힘들다. 나는 나답게 살 테니 옆에서는 신경 쓰지 마라. 나는 재미있게 살 것이다'라는 메시지에 독자가 반응한 것이다. 결국 불황인 사회에는 방향성이 명확한 책이 팔린다.

이기주 작가의 책을 읽은 독자를 만났다. 이기주 작가가 30대 여성을 참 많이 위로했구나 싶었다. 30대, 어떤 세대인가? 그동안 큰 사랑을 받고 살아왔고, 삶에 대한 기대치도 높은 세대다. 그런데 현실은 어떤가? 마음대로 안 된다. 서울대를 나와도 그렇다. 겉보기엔 서울대 나오고 대기업을 다녀 멋져 보여도 고단하다. 위로가 필요한 시대에 이기주 작가가 적절한 책을 잘 썼다 싶었다. 결국 시대가 100만 부를 만든다.

책은 시대의 산물이다. 지금 시대의 흐름 중 '나도, 쉽게, 빨리'는 한 축을 형성한다. 그 포인트를 짚어 책을 쓰면 의외로 좋은 결과를 맞이할 수 있다. 여러분 고민 속에 그 포인트가 잠자고 있을 수도 있으니, 다시 돌아봐라. 여러분의 고민을.

시장성 있는 주제 찾는 법

책쓰기에 성공하는 사람과 실패하는 사람 사이에는 분명히 '관점'의 차이가 있다. 책쓰기에 성공하는 사람은 책은 '독자를 위해 쓰는 것'이라고 생각한다. 책쓰기에 실패하는 사람은 책은 '나를 위해 쓰는 것'이라고 착각한다. 그러니까 독자를 위해서 책을 쓰는 사람은 독자를 만족시키는 콘텐츠를 생산한다.

반면에 후자는 자기가 하고 싶은 말을 한다. 자기 기준에서 중요한 말을 한다. 당연히 독자들은 아무 관심이 없다. 이 차이가 크다. 독자를 향한 관점! 책을 쓸 때는 언제나 내 글은 독자들이 읽어야 한다는 점을 명심해야 한다. 그래야 책이다. 나를 위해 쓰는 글은 무엇인가? 일기장이다. 즉, 관점의 차이는 다음과 같은 명백한 차이를 만든다.

- 성공한 책: 저자 경력에서 확장한 경험을 담은 책, 저자는 독자들이 만족할 만한 말을 한다.
- 실패한 책: 책의 메시지와 관련이 없는 저자가 쓴 책, 저자가 하고 싶은 말만 한다.

책쓰기의 주제를 찾기 위해서는 자신의 인생을 표로 그려볼 필요가 있다. 책쓰기는 나의 본질에서 나와야 한다. 내가 가장 잘하고 좋아하는 것, 내가 정말로 강점이 있는 것에 대해 써야 한다. 다음의 표는 나의 인생을 바탕으로 작성해본 것이다.

각각의 나이별로 가장 기억에 남는 일을 적어보면 내가 누구인지 선명하게 그려진다. 오늘의 나는 어제의 나로 만들어진 것이다. 강력한 콘텐츠는 저자 자신의 역사에서 나와야 한다. 나의 역사에서 나의 본질을 발견하고, 이 속에서 나의 주제를 찾아야 한다. 10년 단위의 일을 떠올리며 책쓰기의 주제를 정하는 것이 좋다.

그런데 내 역사를 돌아보고 글쓰기 주제로 잡았는데, 출판하기 어려운 주제라면 어떨까? 가령 이런 경우가 있다. 어떤

	인생의 핵심 및 소소한 이벤트	수상	직업	관심사
고3 **~** **24세**	• 정암장학재단 고교 3년 전액 장학생 • 고교 총학생회장 당선 • 대학 입학 • 대학 1년 전액 장학생 • 멘토 전한길 선생님의 4년 대학등록금 및 생활비 전액 후원	• 우수상 수상 • 효도상 수상 • 이사장상 수상 • 공로상 수상	학생	공부 법학 고시
25 **~** **32세**	• 25세에 첫 책 『창피함을 무릅쓰고 쓴 나의 실패기』 집필 • 3,000여 권 독서 • 3,000여 편 다큐멘터리 섭렵 • 3년간 휴대전화 단절 • 3년간 14권 집필 • 멘토 조용헌 선생님 만남	• 카이스트 추천 도서 선정 • SK그룹 추천 도서 선정 • Daum 추천 도서 선정 • 한국출판문화산업진흥원 우수 콘텐츠 선정 • 교보문고 '내일이 기대되는 좋은 책' 선정 • 교보문고 비즈프레소 독자 선정 TOP 10 • 국립중앙도서관 사회과학 부문 대출 순위 TOP 10	저자	독서 책쓰기 운동
33 **~** **37세** **(현재)**	• 『유로 저널』을 통해 한국 대표 청년작가로 유럽 19개국에 소개 • 이상민책쓰기연구소 설립 • 약 130명의 수강생 출판 계약 체결 • CTS방송, 송파N방송 등 출연 • 『한겨레』, 『아시아경제』 등 인터뷰	• 2016 문화체육관광부 세종도서 선정 • 육군 1군단장 감사장 수상	저자	강의 책쓰기 운동 여행 결혼

일을 10년씩 해왔는데, 막상 그 일이 출판하기에는 약한 주제일 수 있다. 자신은 그 일을 오랫동안 해온 전문가이지만, 대중적인 수요가 약한 주제가 있다. 그러면 그 주제로 책을 쓰면 될까? 안 된다. 출판을 했을 때 읽어줄 독자가 없기 때문이다. 이 경우는 나의 삶이나 관심사에서 멀지 않되 시장에서 통할 수 있는 주제 찾기를 다시 고민해야 한다. 내 본질에 맞는 주제가 시장성이 없다면 다른 주제를 찾아야 한다. 그 주제는 반드시 시장성이 있고, 관심 분야에서 확장된 것이어야 한다.

수강생 중에 대기업에서 대표이사를 지낸 분이 있었다. 책쓰기 수업을 해보면 수강생의 대부분은 출판 불가능한 주제를 들고 연구소로 찾아온다. 책쓰기 주제 없이 책쓰기 수업에 들어오는 분들도 많다. 이런 경우는 수강생과 대화를 나눈 후, 출판 가능한 주제를 잡아드리기도 한다. 책쓰기의 주제를 정할 때는 다음 질문을 반드시 스스로 던져봐야 한다.

- 나와 어울리는 주제인가?
- 나와 관련한 주제가 베스트셀러가 될 수 있는 주제인가?

책쓰기의 주제는 자신의 본질과 시장의 교집합에서 정해야 한다. 자신의 인생 키워드를 뽑아내 출판 시장에서 통할 수 있는 주제와 연결해야 한다. 그런데 나의 본질과 시장성의 가치 중 더 중요한 것은 후자다. 출판이 되려면 독자들이 내 책을 읽어주어야 하기 때문이다. 나의 본질이 시장성 충족이 안 되면 나의 본질에 맞는 주제를 버리고 다른 주제를 찾아야 한다. 다만 새로운 주제도 앞으로 내가 가야 할 진로와 관련이 있어야 한다. 그리고 내가 전문가로 발전할 가능성이 높으며, 앞으로 계속할 수 있는 일에 대한 주제를 선택해야 한다. 그렇다면 여기에서 질문이 따른다. 어떤 자료를 바탕으로 시장성을 판단하느냐는 것이다.

그동안 나는 많은 책을 내면서 출판 시장에 대한 직감이 조금은 발달했다. 처음 책을 쓰는 분에게는 다음과 같은 자료가 판단을 내리는 데 도움이 될 것이다.

첫 번째, 문화적 핵심 키워드를 중심으로 요즘 사람들의 성향을 분석해본다. 우리가 살아가는 사회의 정치·경제 분야 이슈도 빠질 수 없다. 그렇다면 어떤 자료를 통해 검증할 수 있을까? KDI(한국개발연구원), 삼성경제연구소 등의 자료를 보면 도움을 얻을 수 있다. 자료를 통해서 어떤 이슈들이 있는지, 현재의 시대 흐름은 어떤지 파악할 수 있다. 또한 트렌드 관련 책을 참고할 수도 있다.

두 번째, 신문 기사를 보되 흐름을 읽는 것이 필요하다. 매일 신문 기사를 읽더라도 1개월, 3개월, 6개월마다 네이버 랭킹 뉴스 등을 챙겨 보도록 한다. 전체적인 뉴스의 흐름을 파악하여 그 속에서 트렌드를 뽑아내도록 한다.

세 번째, 트렌드 분석 및 비즈니스 모임이나 강의에 평소 관심을 기울이면서 참석한다. 요즘은 오프라인 모임을 중심으로 소위 뜨는 사람들이 모이고, 그들을 중심으로 트렌드의 흐름이 생긴다.

이처럼 위에서 제시한 방법들을 활용하면 출판 시장 외에도 다른 산업의 트렌드를 파악하는 시각을 키울 수 있다. 현재의 화제성 있는 주제를 찾는 데 도움을 얻을 수 있다.

주제 선택 전
최종 체크리스트

책쓰기 주제를 선택하는 일은 자기의 본질과 시장을 동시에 만족시켜야 한다는 점에서 여러 방향의 검토가 필요하다. 책쓰기 주제 최종 선택 전, 다음 질문을 통해서 다시 한번 자신과 시장을 돌아보면 도움이 된다.

Q1 지금 무슨 일을 하는가?

지금 하고 있는 일이 바로 자신이다. 자신이 10년 이상 한 일이 책의 좋은 주제가 된다. 자신이 쌓은 일의 내공만큼 성숙한 글은 언제나 독자가 알아보고 선택한다.

Q2 그 일을 한 지는 얼마나 되었는가?

어떤 분야에서 10년 정도 일하면 전문가로서 책을 쓸 수 있다. 그러나 아직 4년 차 직장인이라고 해도 책을 쓸 수 있다. 책쓰기의 본질은 자료 수집이기 때문이다.

Q3 그 분야에서 당신은 전문가라고 할 수 있는가?

전문가의 기준은 무엇인가. 어떤 일이 생겼을 때 사람들이 나를 찾으면 내가 전문가다. 나를 찾는 사람이 많고, 내가 그들의 문제를 해결해줄 힘이 있으면 전문가라고 할 수 있다. 여러분을 찾는 사람이 있다는 것은 곧 여러분이 전문가임을 증명한다.

Q4 학창 시절 다른 사람에게 도움이 될 수 있는 특별한 경험을 했는가?

학창 시절의 독특한 경험 중 다른 사람에게 도움이 될 만한 경험을 책으로 쓰면 시장성이 있다. 지난 경험으로도 충분히 책이 될 가치가 있다. 내 속의 심연에 감추어진 잠든 경험을 깨워보자.

Q5 지금까지 성취 경험이 있는가?

내가 어떤 분야에 특별한 강점이 있음을 보여주는 성취 경험은 충분히 책이 될 수 있다. 예를 들어, 독특한 방법으로 자녀를 키운 경험은 자녀 교육서의 콘텐츠가 될 수 있다.

Q6 앞으로 어떤 일을 하고 싶은가?

앞으로 할 일도 책쓰기의 주제가 될 수 있다. 내가 할 일과 책을 연결하면 엄청난 파급력을 나타낼 수 있다. 책은 나 자신의 운명을 바꾸는 힘이 있기 때문이다. 책을 출판해서 삶의 변화를 경험한 사람들이 많다.

Q7 직업 외 어떤 특기가 있는가?

직업은 아니지만 특별히 잘하는 것이 있는가? 정원사는 아니지만 재미 삼아 다양한 식물을 키우고 있거나, 전문적으로 그림을 배우지는 않더라도 일러스트를 즐겨 그린다면? 직업이 아닌 취미생활도 충분히 책이 될 수 있다. 취미도 프로의 수준에 근접할 수 있다. 요즘은 직업 개념도 창의적인 범위로 확대되고 있기 때문에, 내 일을 스스로 만들어 사람들이 나를 찾도록 할 수 있다.

Q8 2년 이상 지속한 취미가 있는가?

유럽 사람들에게 "당신의 꿈은 무엇입니까?"라고 물어보면 이렇게 말한다. "저의 꿈은 취미생활을 하는 것입니다." 대부분의 사람들이 돈을 많이 벌고 싶다거나, 부자가 되고 성공하고 싶다고 말하지 않는다.

유럽에는 세계적인 수준의 취미 전문가들이 넘쳐난다. 한국도 이미 자신의 취미로 책을 쓰는 이들이 많다. 단언컨대 앞으로는 더욱 취미가 직업이 되는 시대다. 안정된 직업이 사라지면서 자신이 좋아하는 것에서 길을 물어야 하기 때문이다. 한 사람의 취향과 취미를 담은 책쓰기는 출판 시장에서도 더욱 세분화될 것이다.

Q9 나만이 가지고 있는 차별화 요소가 무엇인가?

가장 강력한 차별화는 자기 자신이다. '나'는 전 세계에 한 명뿐이다. 남들이 따라 하지 못하는, 오직 나만 갖고 있는 것이 바로 책쓰기의 주제가 된다. 남을 따라 하려고 하지 말고 나만의 개성을 써야 한다.

Q10 공유하고 싶은 나의 일상이 있는가?

나의 하루하루를 써도 책이 된다. 사람들은 다른 이의 일상을 엿보며 웃음과 재미, 위안, 힌트를 얻을 수 있다. 일상 글은 SNS에서 사람들의 반응을 보는 것도 좋다. 그 반응이 폭발적이라면 내가 투고를 하지 않아도 출판사에서 먼저 연락이 올 것이다.

Q11 내 삶은 다른 사람들에게 위로가 될 수 있을까?

삶은 기본적으로 다 힘들다. 모두 다 고민을 안고 살아간다. 내 고민과 힘듦도 책쓰기의 소재가 된다. 세상에는 나와 비슷한 고민을 안고 살아가는 사람들이 많기 때문이다. 내 이야기를 쓰면서 스스로 감정 정리의 시간을 마련할 수 있다. 다른 사람들에게도 비슷한 사람이라는 이유만으로도 위로를 전할 수 있다.

Q12 앞으로 어디에서 살 계획인가?

사는 장소가 곧 삶의 철학에 영향을 미친다. 공간은 사유를 지배한다. 자신이 머무는 장소에 대한 정보를 탐색하면서 책을 쓸 수도 있다. 실제로 독일 이민을 준비 중인 한 선생님에게 그곳에 대한 자료를 공부해 책을 쓰라고 한 적이 있다.

Q13 어떤 책을 즐겁고 기쁜 마음으로 집필할 수 있을까?

공부를 좋아하면 좋은 책을 쓸 수 있다. 나는 다양한 분야에 대해 공부하는 것을 즐긴다. 나는 지금까지 공부한 콘텐츠를 책으로 출판해 공유했다.

Q14 돈에 구애를 받지 않는다면 어떤 일을 하고 싶은가?

돈에 구애받지 않는다면 진짜로 하고 싶은 일을 떠올려보면 굉장히 즐겁지 않을까? 먼저 하고 싶은 것에 대해 써보도록. 시작의 과정부터 생생하게.

Q15 반드시 남기고 싶은 말이 있을까?

왜 책을 쓰는가? 할 말이 많기 때문이다. 그래서 책을 쓰지 않으면 마음이 답답하다. 병이 날 것 같다. 공부한 것을 정리해서 쓰면 마음이 편안해진다. 할 말을 쓰고 나면 그동안 혼란스러웠던 생각이 한 방에 정리가 되어 기분이 좋아진다.

앞의 질문을 던지면서 책의 주제를 점검하면 훨씬 더 단단해진다. 책 쓸 주제가 없다는 말은 절대 하지 마라. 그 말은 거짓말이다. 찾기 시작하는 순간 무한대의 책쓰기 주제를 발견할 것이다. 쓰려고 하는 노력만 한다면.

작가는 지식의 편집자다

책을 쓰고 싶다면 독자의 마음을 건드려줄 수 있어야 한다. 독자들이 알기 싫어하는 것은 과감히 생략하고 독자들이 알고 싶어 하는 이야기를 전해야 한다. 독자 눈높이에서 그들의 심리를 꿰뚫으며, 지식을 종횡(縱橫)으로 흡수하되 철저하게 독자들이 원하는 이야기로 풀어가야 한다.

책의 주제가 정해지면 자료 수집으로 곧바로 들어간다. 단순히 자료를 많이 본다고 해서 좋은 책을 쓸 수 있는 것이 아니다. 관련성 없는 자료는 보지 말아야 한다. 오히려 내가 쓰고자 하는 주제와 메시지에서 더 멀어지게 한다.

책쓰기의 가장 좋은 자료는 책이다. 책은 하나의 주제에 대해서 깊이 있는 정보를 제공한다. 그러니 관련 도서부터 섭렵해야 한다. 기본적으로 30권에서 50권 정도, 100권까지 추천한다. 역으로 생각해보면, 여러분도 책을 쓴다면 깊이 있는 정보를 제공해야 한다.

내가 맨 처음 책을 쓸 때 가장 모범적인 선배로 삼았던 작가가 바로 다치바나 다카시다. 다치바나 다카시는 일본 작가로 약 4만 권 이상의 책을 읽은 일본을 대표하는 다독가이며 지식인이다. 다양한 관심사를 바탕으로 분야를 넘나드는 집필을 했다. 나도 그를 따라 많은 책을 읽으며 다양한 분야의 책을 집필했다. 그는 책을 쓸 때 보통 500권 정도의 책을 읽는 것으로 알려져 있다. 그렇게 책을 읽기 때문에 그 분야의 경험이 없어도 좋은 책을 쓸 수 있다. 여러분은 500권까지 읽을 필요는 없으니 안심해도 된다.

다치바나 다카시는 자신의 책 『나는 이런 책을 읽어왔다』에서 원고를 쓰기 위한 제1단계는 관련 분야의 책을 모아 읽는 것이라 했다. 취재 혹은 집필을 위해서 아침부터 자료를 읽고 공부하는 일이 그의 일상생활이었다.

과학 분야에서 60여 권 이상 책을 집필한 이인식 작가도 마찬가지다. 그는 서울대 공대 학부를 졸업한 후 LG전자를 다니다 30대 후반에 퇴직을 했다. 그 후 책쓰기에 올인했다. 바로 시작한 일은 자료 수집이었다. 책쓰기는 콘텐츠를 전달하는 일로 반드시 지식이 있어야 한다. 그는 40대에 독서실에서 고시 공부하듯 3년 동안 과학 공부를 했다. 우선 과학 전반을 섭렵했고, 학제 간 연결고리를 보면서 전체적인 흐름을 그려보았다. 그 후 대중들이 관심을 가지는 과학 주제를 중심으로 연재를 하면서 칼럼니스트, 작가로서의 삶을 살게 되었다. 과학 분야 박사 학위가 없는데도 불구하고 자료 수집을 통해 단단한 저술가가 된 것이다.

일본에서 2,000권의 책을 집필한 것으로 유명한 나카타니 아키히로 역시 책을 집필한 힘은 자료 수집에 있음을 증명한다. 그는 대학 4년 동안 4,000여 편의 영화와 4,000여 권의 소설을 섭렵했다. 그를 바탕으로 건강한 인생관과 미래지향적 사고를 갖추게 되었고, 『20대에 하지 않으면 안 될 50가지』 등 다양한 책을 썼다. 보통 1년에 40권의 책을 집필하는데, 38세였던 1997년에는 60권의 책을 썼다. 그 힘은 자료 수집을 바탕으로 한 기획력, 빠른 속도의 집필력에 있다.

『7년의 밤』을 집필한 정유정 작가는 책을 본 후 전문가들을 취재한다. 자기가 만드는 세계에 대해서 신처럼 알아야 한다고 말한다. 내가 만든 세계에서는 파리 한 마리도 멋대로 날아다녀선 안 되기 때문이라고 말이다.

나 또한 책쓰기를 시작할 때면 언제나 관련 도서를 섭렵하는 일부터 시작했다. 우리 책쓰기 수강생들의 경우에도 내가 가장 신경 쓰는 부분이 주제를 정하고 자료 수집을 하는 과정이다. 정확한 자료의 방향과 맥을 잡는 것은 매우 중요하기 때문이다. 자료 수집은 책쓰기의 심장이다. 알아야 쓴다. 그것도 정확히, 깊이 있게. 전문가들과 대적해도 밀리지 않을 수준으로 콘텐츠에 대한 힘을 갖추어야 한다.

책쓰기는 단순한 글쓰기가 아니다. 독자들에게 도움이 되는 '콘텐츠'를 글로 담아내는 것이다. 글만 써서는 출판이 안 된다. 독자들의 눈높이에 맞는, 독자들이 원하는 자료를 가공해야 한다. 책쓰기의 핵심은 자료의 편집력에 있다. 그런데 자료만 가공하면 누구나 책을 쓸 수 있을까? 나의 대답은 '그렇다'다. 나 또한 자료를 바탕으로 독자들에게 도움이 될 수 있는 글을 썼다. 출판사에 투고해 출판에 실패한 적이 한 번도 없다.

다만 콘텐츠를 잘 편집하려면 텍스트 이해력이 필요하다. 자료 수집을 하려면 우선 자료를 읽고 이해해야 한다. 개념에 대해 정확한 이해를 해야 한다. 의외로 이것이 안 되는 분이 있다. 한마디로 글을 읽었는데 무슨 말인지 전혀 모르는 것이다. 글을 읽고 핵심이 무엇인지 의미 파악을 못 한다. 글과 관계를 맺고 있는 콘텍스트에 대한 이해가 어려운 것이다.

텍스트는 무엇이고, 콘텍스트는 무엇인가? 내가 말하는 텍스트는 여러 문장으로 이루어진 글 뭉치를 말한다. 콘텍스트는 텍스트와 관계를 맺고 있는 배경, 관계, 맥락, 사실 등을 말한다. 글을 읽었을 때 그 말이 무슨 말인지 전후 사정을 파악해서 정확히 이해를 해야 한다. 그래야 그 속에서 내가 얻을 수 있는 자료들을 뽑아낼 수 있다. 책쓰기는 내가 주장하는 메시지에 힘을 실어주는 근거 자료를 제시하는 것이다.

나는 약간 삐딱한 사람이 작가라고 본다. 반항적인 기질이 있고, 뭔가 제시를 했을 때 정론(正論)대로 받아들이지 않고 자기만의 이론을 들고나오는 사람, 세상 모든 사람들이 오른쪽으로 갈 때 왼쪽으로 가는 것도 나쁘지 않잖아, 라고 외치며 걸어가는 사람이다. 기본적으로 조직에 순응하는 여린 양 같은 존재가 아니라, 자기만의 주관과 생각이 분명한 사람이다. 작가는 자기 개성이 무척 강해 내 글이 최고의 글이라는 '자뻑' 증세가 매우 심하며, 마음대로 컨트롤이 안 되는 사람일 수도 있다.

그동안 내가 가르친 많은 수강생들이 저자로 데뷔했다. 그들을 옆에서 지켜보니 글을 쓰는 사람이란 그렇다. 나라는 존재가 13년 동안 집필하면서 글 쓰는 이들을 겪어보니 그렇다. 결론적으로 작가는 '통제하기 어렵고, 자기 생각이 분명한 사람'이다.

그렇다면 작가는 왜 그런 사람일까. 작가는 자기만의 생각을 말해야 한다. 생각의 독창성이 있어야 한다. 다수가 A로 갈 때 과감하게 B로 가야 한다고 홀로 고독히 외칠 수 있어야 한다. 그것이 작가이며, 그러지 못하면 책을 쓰기 힘들다. 실제로 자기만의 생각과 경쟁의식이 강하지 않으면 작가 하기 어렵다. 내 글이 우주 최강이라는 자신감이 없다면 책을 못 쓴다.

글을 잘 쓴다는 것은 자기 생각이 있다는 의미다. 자기 생각은 밋밋한 일상생활에서는 안 나온다. 삶의 치열함 속에서 내 생각을 만들 수 있다. 편안하게 살면 치열하게 생각할 필요를 못 느낀다. 결국 나만의 생각을 만들 수 없다.

좋은 작가가 되려면 통념에 도전해야 한다. 고정관념에 갇히면 안 된다. 모든 사람들이 1,000년 동안 믿어온 것도 잘못된 것일 수 있다는 생각이 좋은 작가를 만든다. 자기 자신의 지금 생각도 '사회화'되었고, '길들여진 생각'일 수 있다는 의심도 해봐야 한다. 대중적인 의견과 현실에 매몰되지 말고 다시 보는 노력이 필요하다. 그럴 때 생각에서 자유로울 수 있고, 창의성으로 무장해 쓸 수 있다.

이러한 사고 체계를 바탕으로 자기 생각을 말해야 한다. 자기 생각을 말하면 반대 세력이 등장한다. 그에 맞설 용기가 필요하다. 소위 한판 싸움을 벌일 수 있어야 한다. 나아가 통념과 다른 생각을 제시해야 한다. 그것이 작가다운 삶이다.

책쓰기는 하나의 주제를 정하고 관련 자료들을 모은 후, 내 생각이라는 필터를 통과시켜 새로운 창조물을 만들어내는 과정이다. 그래서 나는 늘 "책쓰기는 창조다. 창조는 자료 편집에서 나온다"라고 말한다.

자료는 홍수처럼 넘쳐난다. 떠다니는 모든 것이 자료다. 인터넷이 발달하면서 무한대의 자료를 구할 수 있다. 책은 쏟아지고, 다큐멘터리를 접할 수 있는 채널도 다양하다. 논문도 얼마든지 찾아 읽을 수 있다. 문제는 융합적 사고력이다. 자료를 모아 내 방식대로 녹여낼 수 있어야 한다. 그리고 재배열할 수 있어야 한다. 다음 네 가지 질문을 자료 선택의 기준으로 삼아라.

- 독자들이 원하는 콘텐츠인가?
- 경쟁 도서를 이길 수 있는 차별화된 콘텐츠인가?
- 독자들에게 도움을 줄 수 있는 콘텐츠인가?

- 개성과 독특함이 있는 콘텐츠인가?

위 질문을 바탕으로 자료를 선별해야 한다. 자료들을 모은 후, 네 가지 질문을 바탕으로 나의 생각을 더해 목차를 도출해야 한다. 스스로 질문을 던지고 답을 해보면서 자료 그대로만 보지 말고, 입체적으로 의심해보는 노력이 필요하다.

책을 잘 쓰려면 마지막으로 좋은 기억력이 필요하다. 책쓰기는 창조라고 해놓고 무슨 기억력이냐고 물으실 분이 있을 것이다. 기억과 암기는 모든 공부의 기초다. 암기가 안 되면 책을 못 쓴다. 책쓰기를 위해 수집한 자료를 어떻게 녹여 어디에 담을지는 최소한 수집한 자료가 머릿속에 담겨 있어야 활용할 수 있다. 자료를 모은다고 책 한 권을 며칠에 걸쳐 보게 되면 앞의 내용을 모두 잊어버린 상태에서 계속 다음 내용을 보기 때문에 머리에 하나도 남는 게 없다. 책 한 권은 앉은자리에서 다 읽는다고 생각하도록. 자신의 경험을 꺼내 활용하기 위해서도 기억력이 중요하다. 자신의 사례는 어디에도 없는 차별화된 자료이므로 평소 기록해둬라.

나는 수강생들에게 책을 많이 읽게 한다. 그러니까 한 수강생은 내게 이런 질문을 했다. "나는 책쓰기를 하러 왔지, 독서를 하러 온 것이 아닙니다. 왜 내가 책을 읽고 있어야 하는 건가요?" 찬찬히 질문에 대한 답을 해드렸다.

"책쓰기는 콘텐츠가 생명입니다. 사람들에게 도움을 주는 책의 지식과 정보는 내가 알고 있어야 합니다. 내용적으로 경쟁 도서를 눌러야 하기 때문에 자료부터 섭렵해야 합니다. 책을 읽을 때는 경쟁 도서의 장단점을 정확히 분석하면서 읽고, 이 책의 결정적 승부 포인트는 무엇인지도 눈여겨보아야 합니다. 배울 점은 배우고, 버릴 것은 과감히 버려야 합니다. 내 책이 나아가야 할 방향에 대해서 생각해봐야 합니다."

이렇게 말씀드렸더니 수강생이 납득을 하고 책을 열심히 읽었다. 왜 책쓰기 수업에서 책을 읽고 있느냐는 질문은 어쩌면 당연하다. 독서 수업에 온 것이 아니기 때문이다. 책을 쓰려면 책을 봐야 한다. 이것이 핵심이다. 그래서 수강생이 읽을 책도 내가 꼼꼼하게 확인한다. 경우에 따라서는 내가 직접 정해주기도 한다. 그러고 나서 어떤 자료를 모으고 있는지 피드백을 주고받는다. 내가 수집한 자료를 보면서 콘셉트와의 일관성, 자료의 효용성 등 다양한 측면에서 판단한다. 자료 수집에 대한 피드백을 하면서 책쓰기 수업을 진행한다. 책쓰기를 쇠고깃국을 끓이는 것으로 비유한다면, 자료 수집은 신선한 쇠고기라고 비유할 수 있다. 쇠고기가 신선하고 좋아야 구수한 국물이 나온다.

자료가 부족하면 단호히 말한다. "그럼, 그 책 쓰는 것은 포기하세요. 왜냐하면 절대로 쓸 수 없기 때문입니다."

누구든 자료가 부실하면 책을 쓸 수 없다. 자료는 단순히 책만 의미하는 것은 아니다. 논문, 다큐멘터리, 신문 기사 등 모든 자료를 포함한다.

그렇다면 여기에서 질문이 하나 떠오른다. 작가는 도대체 누구인가? 나는 작가를 지식경영가라고 부른다. 나는 2016년부터 진행한 책쓰기 특강에서 늘 이렇게 말한다.

"작가는 학자이고, 예술가이고, 사업가입니다. 작가는 기본적으로 공부하는 사람입니다. 예술적으로 자유로운 상상을 해야 하며 쓴 글로 결과를 내야 하기 때문입니다."

실제로 작가는 공부를 해야 한다. 학자로서 공부하는 것이 작가의 1차적 능력이다. 그다음으로 예술가가 되어야 한다. 작가는 생각의 틀에 갇히면 안 된다. 공부와 배움을 통해서 독창적인 생각, 새로운 생각을 할 수 있어야 한다. 독자들이 책을 사서 읽어야 하기 때문에 작가는 사업가 마인드도 있어야 한다. 파는 법을 모르는 작가는 실패한다.

기본적으로 작가는 지식경영가다. 널려 있는 지식과 정보를 수집한 후, 독자들을 위해 유용한 지식으로 변화시키는 주체이기 때문이다. 책을 쓰는 과정에서 언제나 국가와 다른 사람들에게 도움이 되어야 한다는 마음을 가져야 한다. 남을 진심으로 위하는 마음으로 나 또한 도움을 받을 수 있다.

그런데 자료 수집을 하다 보면 다양한 생각들이 든다. 과연 어느 자료가 도움이 될 자료인가 하는 질문이 맴돈다. 그때는 타깃독자를 떠올린다. '그들이 가장 원하는 것은 무엇일까? 그들에게는 어떤 어려움이 있을까? 어떤 것을 제공했을 때 그들의 문제점이 해결될까?'를 생각한다. 타깃독자는 대한민국 5,000만 명이 아니라, 그냥 엄마들이 아니라 '5세 이하 자녀를 두고 있는 엄마'와 같은 특정 범위에 있는 독자임을 명심하라. 그들에게 도움이 될 말을 해야 한다.

그래서 작가에겐 그 타깃독자에게 딱 맞는 자료를 수집해서 남길 것과 버릴 것을 정확히 구분하는 능력이 필요하다. 자료 수집의 핵심에 대해 정리를 해보자.

- 주제를 찾는다.
- 핵심 키워드를 뽑는다.
- 키워드를 중심으로 자료를 찾는다.
- 주제와 관련 없는 것은 버린다.
- 관련성 있는 자료들끼리 묶는다.
- 자료 중 중요한 것과 중요하지 않은 것을 구분한다.
- 가장 중요한 자료를 목차와 내용으로 쓴다.

책쓰기에 실패하는 분들은 자기가 무슨 말을 하는지 모른다. 메시지에 일관성이 없다. 자료 수집 단계에서 핵심을 파악하지 못했기 때문이다. 자료 수집의 핵심은 독자들에게 도움이 될 자료를 엄선해 모으는 데 있다.

3,000명을 위해 쓰지 말고, 한 사람을 위해 써라

책을 쓸 때 가장 먼저 던져야 할 질문이 '누가 읽을 것인가?'이다. 바꾸어 말하면, '누가 내 책을 살 것인가?'다. 책쓰기를 시작할 때 가장 먼저 던져야 할 질문이다. 투고를 하면 출판사는 당신에게 이렇게 질문할 것이다. "그런데 이 책을 누가 왜 살까요?"

많은 사람들이 아무 생각 없이 책을 쓰는 것을 보고 나는 경악을 금치 못했다. 그냥 자기가 생각할 때 좋아하는 문장을 쓰면 되는 것으로 오해한다. '내가 볼 때 중요한 것!'이 글쓰기 포인트라면 틀렸다. 지금부터는 남을 위한 기준을 정해라. '타깃독자, 그들에게 도움이 되고 그들의 삶을 바꿔줄 수 있는 내용!'으로 말해야 한다.

책을 쓸 때는 누가, 왜, 무엇 때문에 내 책을 읽을지 깊게 고민해야 한다. 누구라고 정했으면 그들의 현실을 잘 살펴보아야 한다. 예를 들어, CEO를 위한 책이라고 해보자. 당연히 사회적으로 CEO가 차지하는 비중은 높지 않다. 대상을 확장하여 일반 직장인, 연 매출 10억 원 미만 사업체 사장을 대상으로 쓰면 독자층이 넓어지고, 책은 팔릴 가능성이 커진다.

자녀 교육서를 낸다면 왜 그 책을 보겠는가를 생각해봐야 한다. 일반적으로 자녀가 있어도 결혼한 지 몇 년 안 된 여성은 아직 엄마 역할에 대해서 잘 모를 수 있다. 그러면 '좋은 엄마 되는 법'이나 '자녀 잘 키우는 법'에 대한 책이 필요할 것이다. 초보 엄마는 첫 아이를 어떻게 키우는지 잘 모르기 때문에 '0~5세 육아법'과 같은 책이 잘 팔릴 것이다. 요즘은 아이를 적게 낳기 때문에 내 아이를 최고로 키워야 한다는 마음이 있다.

그러나 중학교에 들어가는 순간 자녀는 통제가 안 되고, 자식에 대한 엄마의 기대감도 떨어진다. 부모는 이제 할 만큼 했기 때문에 힘도 떨어졌다고 할 수 있다. 그래서 자녀가 13세가 넘어가면 자녀 교육서를 구매할 가능성이 낮아진다.

타깃독자를 분석할 때는 그 사람이 되어야 한다. 그 사람이 가진 시간과 돈, 인간관계, 마음 상태와 고민 등을 다각도로 떠올려봐야 한다. 그래야 그들에게 맞는 책을 쓸 수 있다. 그들의 니즈를 정확히 파악해야만, 그들이 사 볼 책을 쓸 수 있다. 과녁이 정확하지 않으면 화살은 반드시 빗나간다. 타깃독자를 직접 만나 다양한 질문도 던져봐야 한다.

예를 들어, 20대 수강생 중 한 명이 소상공인에 대한 책을 쓰려고 했다. 일반적으로 나는 책쓰기를 지도할 때 자료 섭렵을 한 후 목차를 잡도록 한다. 가장 보편적인 방법이다. 나와 콘셉트 및 도서 방향에 대해 다양한 이야기를 나누면서 목차를 잡는다. 이러한 점검을 하면서 타깃독자 분석도 명확히 한다.

그러나 소상공인에 대한 책은 독자 범위가 매우 넓어 도저히 자료 섭렵으로 콘셉트 도출과 목차를 잡는 것이 불가능했다. 그래서 직접 소상공인들에게 설문 조사를 진행했다. 그들의 고민을 직접 들어보고 집필 방향을 잡았다. 설문 조사로부터 콘셉트와 목차를 끌어내 확정했기 때문에, 장사 경험이 없는 20대 수강생이 집필하였음에도 책은 성공할 수 있었다.

소상공인들의 고민 수집 → 가장 관심도 높은 고민을 목차로 확정 →
책의 내용에서 해결책 제시

타깃독자를 찾는 공식과도 같은 방법은 없다. 먼저 '내가 쓴 책을 진짜 읽어줄 사람이 누구인가, 왜 읽어야 하는가, 그들이 어떤 도움을 얻을 수 있는가'의 질문에 스스로 답할 수 있어야 한다. 오직 독자를 위한 다양한 조사와 분석, 통찰만으로 찾을 뿐이다. 따라서 다양한 노력을 해보아야 한다. 설문 조사를 통한 현상 파악, 관찰과 분석 등 다양한 방법을 총동원해야 한다. 현재 출판 시장의 베스트셀러 순위, 다양한 신문 매체 기사를 통해 타깃독자가 존재하는 주제를 찾을 수 있다. 타깃독자를 정할 때 반드시 명심해야 할 다음 두 가지 사항이 있다.

첫 번째, 대한민국 사람에게 말하지 말고 구체적인 한 사람에게 말할 것. 즉, 핵심독자의 범위를 분명히 정해야 한다. 예를 들어, 타깃독자를 엄마라고 정하면 안 된다. 도대체 누구 엄마란 말인가? 20대도 엄마고, 40대도 엄마다. '자녀의 언어능력에 문제가 있어 언어능력을 향상시킬 수 있는 방법을 찾는 엄마', '유대인들의 자녀 교육 비결을 배워 자신의 자녀를 잘 키우고 싶은 엄마'처럼 범위를 좁히면 타깃독자군이 명확히 잡힌다.

초보 작가들이 실수하는 것 중 하나가 '내 책은 대한민국 국민 모두가 읽어야 한다'는 생각을 갖는 것이다. 절대로 욕심을 부리면 안 된다. 그러면 반드시 실패한다. 모든 사람을 만족시키겠다는 것은 단 한 사람도 만족시키지 않겠다는 말과 같다. 모두를 만족시킬 수 있는 콘텐츠는 없다. 책을 쓸 때는 단 한 사람에게 이야기하듯 써야 한다. 단 한 사람의 어려움과 고민을 해결해준다는 생각으로 써야 한다.

두 번째, 타깃독자와 타깃메시지가 두 개 이상이면 안 된다. 책을 쓸 때 사람들은 욕심을 부린다. 수강생들은 나에게 "자녀 교육서를 쓰면 엄마도 읽고 딸도 읽을 책으로 만들고 싶다"고 한다. 그럼 나는 그런 책은 망한다고 한다. 엄마도 만족하고 딸도 만족하는 콘텐츠는 없다. 엄마에겐 엄마를 위한, 딸에게는 딸을 위한 콘텐츠를 제공해야 한다. 둘 다 만족시키려고 하는 순간 둘 다 놓치게 된다. 타깃이 둘이 되면 책의 깊이가 떨어지게 된다. 타깃메시지를 둘로 나누는 순간 책의 경쟁력은 떨어진다. 독자는 하나의 내용에 대해 깊이 있는 정보를 얻고 싶어 한다.

사람들이 내 책을 찾게 만들려면 명확한 타깃독자에게 '구체적인 도움'을 줘야 한다. 상투적이거나 천편일률적인 내용이면 안 된다. 제목만 봐도 그 책 한 권을 다 읽을 정도로 내용이 뻔하면 책을 사지 않는다. 책 한 권을 사서 읽어야만 알 수 있을 내용, 삶을 구체적으로 변화시킬 실천 팁이 담겨야 한다.

경쟁 도서는 경쟁자이자 친구, 스승이다

책쓰기 일일특강에서 "목차에서 출판의 80퍼센트가 결정된다"는 말을 4년째 하고 있다. 책쓰기는 콘셉트와 목차에서 승부가 난다. 목차에는 다음과 같은 콘셉트가 드러나야 한다.

- 타깃독자를 만족시키면서 내가 말하려는 메시지를 명확히 표현할 것
- 독자에게 구체적인 정보와 도움을 제공하려는 작가 의도를 부각할 것
- 틈새시장을 정확히 공략하여 새로운 시장을 창조할 것
- 내 안의 개성과 독특함을 드러내 나와 같은 사람들이 뜨겁게 반길 수 있는 내용일 것

독자가 책을 펼쳐 목차를 보았을 때 사고 싶다는 생각이

'단 5초 내' 들어야 한다. 목차에는 딱 보았을 때 독자가 얻을 수 있는 구체적 이익이 확실히 표현되어야 한다. 그래야 독자가 내 책을 선택한다. 내 책을 사 봐야 하는 이유, 즉 '셀링포인트'가 확실히 드러나야 한다. 책이라는 콘텐츠는 독자에게 효용성이 있어야 가치가 있다. 그렇지 않으면 책을 사 볼 이유가 없다.

그렇다면 독자는 책에서 어떤 도움을 받을 수 있을까? 복잡하게 생각하면 망한다. 모든 것을 단순화해야 한다. 우리는 어떤 사안에 접근할 때 문제의 본질, 정중앙을 바라봐야 한다. 그곳을 타기팅(targeting)해야 한다. 책을 쓸 때도 그렇다. 인간의 고민만큼이나 원하는 도움도 굉장히 많지만, 정리하면 두 가지 방향의 도움이 전부다. 개인의 성장에 도움이 되는 것, 인간의 마음에 평안을 주는 것이다.

그렇다면 이러한 두 가지 가치를 담기 위해 책의 콘셉트와 목차를 어떻게 잡을까? 가장 먼저 해야 할 일은 경쟁 도서 분석이다. 주제를 정한 후, 내 책이 말하려고 하는 메시지를 한 문장으로 도출해야 한다. 길어도 세 문장을 넘기면 안 된다. 문장이 길어지면 내가 무엇을 말하려고 하는지 나도 모른다. 간단명료하게 핵심과 본질을 관통해야 한다. 내가 말하고자 하는 메시지를 한마디로 정리하고, 키워드를 뽑아야 한다. 예

를 들어, 내가 지금 쓰고 있는 책쓰기 책을 바탕으로 정리를
하면 다음과 같다.

- 내가 말하고자 하는 메시지: 이 책 한 권으로 책쓰기의 노하우를 장착
  하여 나도 책을 쓸 수 있다!
- 핵심 키워드: 책쓰기의 실천적 방법 전수
- 1차 키워드: 주제 선정, 목차 잡기, 본문 집필
- 2차 키워드: 글쓰기, 작가의 삶, 집필할 때 도움이 될 만한 내용
- 3차 키워드: 출판 계약하는 법(계약서, 인세 및 계약금), 프롤로그와 에필로
  그 쓰기

이렇게 키워드를 뽑은 후, 키워드를 중심으로 경쟁 도서를
찾는다. 책쓰기, 글쓰기, 작가 등의 핵심 키워드를 검색해서
경쟁 도서를 찾는다. 경쟁 도서를 30권에서 100권을 선정하
여 분석해야 한다.

여러분들은 경쟁 도서를 경쟁 상대로만 여기지 마라. 친구
로, 스승으로도 대해야 한다. 그 책으로 배워야 한다. 여러분
이 쓸 책은 경쟁 도서의 수준을 뛰어넘어야 하기 때문이다. 여
러분들이 TV에 나오는 스타라면 다를 수 있다. 좀 더 편하게
써도 베스트셀러가 될 수 있다. 여러분이 하는 말이 대중의 큰

주목을 받을 수 있기 때문이다. 평범한 삶을 살고 있는 여러분은 우선 '내용적으로 1등인 책'을 써야 한다. 그 외에는 베스트셀러를 만들기 위해서 할 수 있는 방법이 거의 없다. 매우 일반적인 방법은 강연으로 홍보하거나 SNS 마케팅을 열심히 하는 것이다.

내 책을 쓰기 전 먼저 높은 산 위에 올라가 돌아봐야 한다. 그리고 산 아래를 내려다보면서 써야 한다. 대부분의 사람들은 아래에서 위를 올려다보고 쓴다. 즉, 자신의 상황을 객관적으로 확인하지 않은 채 그저 하늘 위의 구름만 보고, 자기가 하고 싶은 말만 열심히 한다. 사람들이 듣고 싶어 하는 말을 하지 않는다. 허공을 헤매면서 책을 쓰는 격이다. 성공적으로 책을 쓰는 사람은 산 위에서 보듯 한눈에 내려다본다. 무엇을? 자기 자신을, 경쟁 도서를, 우리 시대를 한눈에 본다.

책쓰기는 경쟁 도서와의 전쟁이다. 경쟁 도서를 이기지 못하면 당연히 베스트셀러가 되기 어렵다. 혹자는 내게 이런 말을 한다. "저의 책은 세상에서 유일한 책이기 때문에 경쟁 도서가 없습니다. 그런데 어떻게 경쟁 도서를 분석할까요?"

나는 말한다. "그런 책은 없습니다. 하늘 아래 새로운 것은 없습니다. 그 사람이 아무리 천재라고 해도 반드시 경쟁자가 존재합니다. 우리가 천재라고 부르는 에디슨은 경쟁자가 없을 것 같죠? 하지만 테슬라라고 하는 무시무시한 존재가 있었습니다. 경쟁자가 없는 사람은 없고, 경쟁 도서가 없는 책은 없습니다. 하늘 아래 새로운 것은 없기 때문에 찾아보면 반드시 경쟁 도서가 있을 겁니다. 지금 선생님은 경쟁 도서를 찾기 위한 핵심 키워드를 뽑아내지 못했을 뿐입니다. 다시 한번 유심히 보세요."

경쟁 도서는 반드시 있다. 만약 그런 책이 한 권도 없거나, 존재하지 않는다면 시장 자체가 존재하지 않는 건 아닌지 의심해봐야 한다. 시장이 존재할 수 있는 합리적인 이유가 있음에도 불구하고 그런 책이 없다면 그 책은 출간할 가치가 있다. '비어 있는 시장'의 책이기 때문이다. 수요는 있는데 공급은 없는 책이기 때문에 베스트셀러가 될 가능성이 있다.

경쟁 도서를 볼 때는 마치 스승이 하는 말인 듯 생각하고 책을 읽어야 한다. 출판된 책은 일종의 수능 기출문제라고 할 수 있다. 출판된 책은 출판의 비결을 담고 있다. 경쟁 도서의 판매량을 통해서 시장의 흐름을 파악하고, 독자들이 책을 구매하는 결정적 이유를 발견하도록 한다. 경쟁 도서는 내 책이 나아가야 할 방향을 간접적으로 제시한다. 이미 시장에서의 반응을 얻은 것이기 때문에 내 책이 가야 할 길을 비추는 거울이 된다.

경쟁 도서를 읽을 때는 눈으로 읽어선 안 된다. 공부하듯 읽어야 한다. 줄을 긋고, 형광펜을 칠해야 한다. 줄을 친 옆에 자기 생각을 적어야 한다. 밑줄 친 것을 곱씹고 또 곱씹어야 한다. 그대로 흡수하고 반대로 생각해보고, 나라면 어떻게 쓸까 고민해야 한다. '왜 이렇게 썼는가? 왜 성공했는가? 이것은 좋지 않은 것이 아닌가?' 등 다양한 질문을 던지면서 적극적인 독서를 해야 한다. 상대방과 나의 콘텐츠 장단점을 파악했으면 상대방 콘텐츠를 누를 수 있는 비책을 세워야 한다. 그것을 목차에 담아야 한다.

마지막으로 현재 사회적 흐름과 출판 트렌드 속에서 내 책이 공감받을 주제인지를 고민한다. 우리 시대의 트렌드 분석을 통해서 독자들이 좋아할 만한 주제 및 콘텐츠가 무엇인지를 찾도록 한다. 책은 시대정신의 반영이다. 어떤 베스트셀러는 시대의 고민이 만든다.

목차는
책 성공의 80퍼센트다

목차는 책에서 얼마나 중요할까? 단언컨대 성공 여부의 80퍼센트를 결정짓는다. 출판사 편집자들은 말한다. "원고를 안 읽어보는 것이 90퍼센트입니다. 왜냐하면 원고를 읽을 필요가 없으니까요. 즉, 목차가 안 좋으면 원고를 읽을 필요도 없습니다. 아무리 원고가 좋아도 책을 출판할 수 없으니까요. 그 점을 알고 책쓰기를 해야 합니다."

얼마 전 한국에서 종합 베스트셀러 1위를 낸 출판사 대표님을 만났다. 대표님은 내게 이런 말을 했다. "책은 콘셉트로 파는 거예요. 그런데 콘셉트가 확장되기도 합니다. 우리는 이런 콘셉트로 책을 냈는데 독자들이 재해석하면서 책을 읽어요. 서평을 보면 알 수 있습니다."

책쓰기를 집짓기로 비유한다면, 목차는 집의 뼈대라고 할 수 있다. 원고는 콘크리트다. 즉, 집의 뼈대가 세워진 후 콘크리트가 들어가야 집이 무너지지 않는다. 집의 뼈대가 45도 각도로 되어 있다면 콘크리트를 아무리 잘 발라도 집은 무너진다. 같은 이치다. 목차를 잘 잡고 원고를 쓰면 좋은 책이 나온다. 목차를 45도 각도로 잘못 잡으면 원고를 아무리 잘 써도 출판 자체가 어려울 수 있다. 책의 중심축 자체가 잘못되어 있기 때문이다.

목차는 무엇인가? 주제문 아래에 있는 것이다. 주제문을 중심으로 메시지의 일관성이 있는지 면밀하게 확인해야 한다. 중복된 목차가 있으면 안 된다. 목차는 각 고유의 영역에서 고유의 콘텐츠를 가지고 있어야 한다. 고유의 영역에 대해서 타 목차가 침범하지 않도록 범위를 확실하게 정해두어야 한다.

목차는 주제문 아래에 있는 것으로 주제문이 임금이라고 한다면, 대목차는 대장군이고, 소목차는 그 밑의 지휘관이라고 할 수 있다. 대목차는 총 5~7개 정도를 만드는 것이 통상적이다. 그 밑에는 대목차를 중심으로 공통적으로 묶을 수 있는 소목차를 만든다. 소목차는 대목차를 중심으로 일관성이 있어야 하며, 주제문에서 일관성도 있어야 한다. 각각의 목차는 해당 콘텐츠를 전해야 하므로 각각 고유의 영역이 담겨야 한다. 1번 목차가 A에 대한 내용이면, 2번 목차는 B의 내용으로 주제문을 뒷받침하되 서로의 내용을 침해해선 안 된다.

목차는 주제문의 내용을 반영해야 한다. 목차와 글의 내용은 일치해야 한다. 독자를 유혹하기 위해 원고 내용과 다른 목차를 잡아선 안 된다. 목차는 주제문으로 글의 내용을 뒷받침하는 소제목의 구성이다. 원고를 쓰다 보면 원고의 방향이 틀어져서 주제문과 일치하지 않을 수 있다. 그때는 목차를 변경하거나, 글을 다시 써야 한다.

보통 소목차는 40개를 만든다. 원고 분량은 한글 파일 A4 2.5장 정도(한글 기준으로 10포인트, 160퍼센트)로 한다. 총 40개 목차 ×1개 목차당 A4 2.5장이므로 책은 총 A4 100장(원고지 기준으로 약 850매)이 나온다. 책으로 만들면 250페이지 정도다. 책 장르의 종류에 따라서 목차 개수와 원고량은 달라질 수 있다.

목차에서 중요한 것은 대목차가 아니라 소목차다. 목차를 잡을 때 소목차부터 먼저 잡아야 한다. 왜냐하면 대목차를 먼저 정해버리면 해당 키워드에 생각이 갇혀버린다. 우선은 자료를 완전히 펼쳐놓고 그 속에서 독자들에게 도움이 될 수 있는 목차를 뽑아내야 한다. 중복되고 중요하지 않은 것을 빼고, 가장 중요한 것만 남겨놓는다. 그리고 공통된 목차를 중심으로 대목차를 만든다.

목차 구성 후에는 해당 분야에 대한 지식이 전혀 없는 평범한 주변 사람들에게 물어봐라. 목차를 보고 이 책의 메시지를 파악할 수 있는지, 목차의 제목을 보고 무슨 말인지 알겠는지, 이 책을 사고 싶은 마음이 드는지. 검증하고 또 검증한 후 목차를 확정하자. 평범한 사람들을 만족시켜야 내 책이 베스트셀러가 된다.

독자는 내 책에 관심이 없다

책을 사 본다는 것은 여러 가지로 번거로운 일이다. 우선 시간을 투자한다. 책 한 권을 읽는 데 최소한 3시간이 걸린다. 많이 걸리는 사람은 5시간, 7시간씩 걸리기도 한다. 책을 읽으려면 정신을 차리고 몰입해야 한다. 신체적으로 피곤한 일이므로 읽을 만한 가치를 제공해야 한다. 독자는 자신에게 도움이 된다고 판단하면 읽는다. 책을 구매하는 작동 포인트는 '나에게 얼마나 도움이 될 수 있을까?'다.

여기에 또 변수가 있다. 바로 경쟁 도서다. 책을 낸다고 해서 끝이 아니다. 바로 경쟁 도서보다 내 책이 더 나아야 한다. 다른 책보다 더 좋다는 점을 독자가 느낄 수 있도록 믿음을 줘야 한다. 그런데 문제가 있다. 독자가 내 책을 훑어볼 수 있는 기회는 짧거나 거의 없다는 것이다. 지금이야 우리가 진지하게 목차는 이렇다고 이야기하지만, 현실로 들어가면 가혹한 환경이 주어진다. 지금 당장 교보문고에 가봐라. 책이 넘쳐난다. 경쟁 도서도 넘쳐난다. 독자는 내 책의 목차에 눈길을 그리 오래 주지 않는다. 길어봐야 10초 정도일까. 즉, 5초 내에 표지나 목차가 매력적이라는 판단이 서지 않는다면, 그런 동물적 직감이 느껴지지 않는다면, 내 책은 안 팔린다. 단 5초 내에 모든 것이 판가름 나는 승부에 목차가 있다.

목차를 읽었는데 난해하다. 무슨 말인지 모르겠다면 게임 끝이다. 자기에게 어떤 도움이 되는지 알 수 없으면, 책을 덮고 옆에 있는 경쟁 도서로 눈길이 간다. 거기에서 그 책이 매력적인 목차를 제시하면 구매로 이어진다.

목차 파악은 사람의 첫인상을 파악하는 것과 같다. 사람은 상대방에 대한 호감과 신뢰도를 얼마 만에 평가하는가? 단 0.1초 만에 평가한다. 미국의 뇌과학자 폴 왈렌은 인간 뇌의 편도체가 0.1초도 안 되는 짧은 시간에 사람에 대한 호감도를 평가한다는 것을 밝혀냈다. 이성은 감정과 열정의 노예에 불과하다. 사람을 단 0.1초 만에 판단하고 왜 좋은지, 왜 싫은지에 대한 이유를 갖다 붙이는 존재가 인간이다.

책도 똑같다. 결코 오랜 시간을 주지 않는다. 다만, 사람에 대한 첫인상은 외모로 한눈에 들어온다. 책의 목차는 읽어야 하기 때문에 5초 정도 걸린다고 할 수 있다. 정말 길어봤자 10초 안에 승부를 내야 한다.

몇 초 안에 승부를 가리기 위해서는 카피를 뽑듯 목차를 뽑아야 한다. 지금 당장 한국에서 베스트셀러가 된 목차들을 출력하여 보길 바란다. 좋은 목차와 카피를 담은 책을 보며 글쓰기 감각을 길러보자.

목차는 우선 읽고 바로 알 수 있을 만큼 쉽게 표현해야 한다. 독자들이 이 책을 읽으면 도움을 얻을 수 있을 것이라는 생각이 그려져야 한다. 목차를 보고 '음, 그래. 나에게 도움이 되겠군!'이라고 생각할 수 있어야 한다. 독서 후 습득할 수 있는 구체적인 이익을 제시하고, 읽자마자 책에서 하고자 하는 말이 와닿도록 해야 한다.

베스트셀러 중에도 목차가 불분명하게 제시된 것이 있다. 그럼에도 불구하고 베스트셀러가 된 책들은 작가가 특별한 스펙이 있거나, 이미 방송가를 장악한 사람일 것이다. 즉, 우리가 따라 해서는 안 되는 대상이다. 평범하고, SNS 마케팅도 안 되어 있는 사람이라면 책의 콘셉트와 목차, 원고 내용만으로 승부를 내야 한다. 독자들에게 내 책이 자신에게 확실히 도움이 된다는 것을 느끼고 믿게 해야 한다. 보자마자 구매를 확신하도록 만들어야 한다.

목차를 잡을 때 아주 크게 고민해야 할 부분 중 하나는 바로 경쟁 도서를 따라잡을 수 있느냐다. 목차는 책쓰기를 시작하고 바로 잡으면 안 된다. 철저한 자료 조사를 거치고, 시장 흐름을 판단한 후에 잡아야 한다. 세상은 아는 만큼 보인다. 책도 10권 읽었을 때와 20권 읽었을 때, 30권 읽었을 때 보이는 바가 확연히 다르다. 높은 곳에 올라가서 전체를 아우르면서 내 원고에 집중해야 한다. 그래야 독자를 위한 정교한 목차를 잡을 수 있다. 원고를 쓰면서 목차를 잡아본 후 고민해야 책의 틀이 단단해진다.

자신의 콘텐츠를 담되, 경쟁서, 향후 방향, 타깃독자, 시대 흐름을 반영해야 한다. 책을 통해 자신이 앞으로 할 일, 목표가 무엇인지 의식하면서 만들어야 한다.

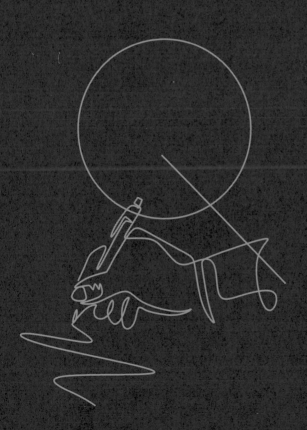

4부

글쓰기를 위해 필요한 것들

책쓰기에
스승이 필요할까

마거릿 애트우드는 말했다. "글쓰기는 도제 방식으로 습득하지만 스승은 직접 선택한다. 스승이 이미 세상을 떠났을 수도 있다." 나도 글쓰기를 혼자서 익혔으나, 엄밀히 말하면 나에게도 스승은 있었다. 직접 지도를 받은 것은 아니었지만, 그들의 책을 읽으며 수업을 했다.

나의 책쓰기 스승은 구본형 작가와 다치바나 다카시였다. 나카타니 아키히로, 야마자키 도요코, 톰 피터스도 내게 영향을 많이 주었다. 나는 그들의 글을 읽으며 분석하고 연구했다. 어떻게 글을 쓰는지, 문단은 어떻게 끌고 가는지, 각 문단과의 관계는 어떠한지, 어떤 메시지를 어떤 방식으로 전달하는지 등을 꼼꼼하게 보면서 연구했다.

그렇게 3년을 하면서 책쓰기의 문리가 트였다. 그리고 책을 쓰면서 책쓰기의 실전 방법을 터득했다. 7~8년까지는 책쓰기에 대한 확신을 할 수 없었다. 책은 10권 이상 쓴 상태였지만, 여전히 알쏭달쏭함이 있었다. 나는 조선일보 칼럼니스트이자 『방외지사』를 쓴 조용헌 선생님에게 편지를 보낸 적이 있다.

조용헌 선생님, 안녕하세요.

저는 대구에서 책을 쓰고 있는 이상민 작가입니다. 경제·경영, 자기계발, 인문 분야에서 책을 썼습니다. 몇 년 동안 3,000여 권의 책과 3,000여 편의 다큐멘터리를 섭렵한 재료를 바탕으로 집필을 하고 있습니다.

조용헌 선생님의 책과 글은 즐겨 읽고 있습니다. 제가 힘이 들거나 위로가 필요할 때, 때때로 삶의 지혜나 혜안(慧眼)이 필요할 때 선생님의 글을 읽곤 합니다. 특히 『방외지사』와 『조용헌 살롱』으로 큰 도움을 얻었습니다.

『방외지사』를 읽고 요즘 우리 시대에 생각해봐야 할 대안적 삶이 아닌가 생각했습니다. 저 역시 그런 삶을 지향하기에 더욱 공감이 되었습니다. 다양한 분야의 지식과 지혜를 담고 있는 『조용헌 살롱』 역시 무릎을 치게 하는 내용이 많았습니다. 선생님의 지혜와 지식은 저의 저서에도 활용되고 있으며, 지난번에 제가 출간한 『365 한 줄 고전』이라는 책에서도 직간접적으로 선생님의 혜안이 활용되었습니다. 선생님께 감사한 마음을 전합니다.

제가 오늘 선생님께 메일을 보내게 된 이유는, 삶의 답답함 때문입니다. 한마디로 힘들기 때문입니다. 글 쓰는 삶이야 제가 원해서 하게 된 것이라 공부하고 글을 쓰는 데는 아무 문제가 없습니다.

저는 처음부터 '1~2년에 한 권 정도를 깊이 있게 집필한다'는 생각대로 글을 쓰고 있습니다. 요즘은 자기계발과 인문학 분야 글을 쓰고 있는데, 동시에 다작(多作)도 겸하고 있습니다. 그래서 많을 때는 한 달에 4권까지 쓴 적도 있습니다. 요즘은 대체로 한 달에 2권 정도의 책을 큰 어려움 없이 쓰고 있습니다. 앞으로도 계속 책을 쓸 수 있을지 '고민'입니다.

지금은 집필에 있어 다양한 시도를 하고 있습니다. 예를 들어,

다양한 주제의 책을 집필한다든지, 글의 진행 방식을 변화시킨다든지, 장르를 바꾼다든지, 장르를 서로 유기적으로 조합하여 쓰면서 변화를 주고 있습니다. 지금까지 많은 책을 썼고 결과도 나쁘지 않았습니다. 그러나 여전히 고민이 많습니다.

선생님께서는 바쁘실 테고 일면식도 없는 제가 이런 편지를 보내어 무례하다고 생각하실 수도 있겠지만, 선생님의 한 말씀이 제 인생에 큰 도움이 될 것이라고 생각하여 용기를 내어 편지를 보냅니다. 부디 제게 답신을 보내주신다면 감사하겠습니다. 인간의 운명은 분명 인간이 개척하는 것이지만, 눈 밝은 선배님의 말씀을 듣고 대처한다면 시행착오를 줄일 수 있을 것입니다. 선생님의 고견(高見)이 제 삶에 도움이 되리라 편지를 드리오니 한 말씀이라도 해주셨으면 합니다.

그럼 또 연락드리겠습니다. 기회가 된다면 직접 만나 뵙고 인사드렸으면 합니다. 선생님의 건강과 안녕을 기원하겠습니다. 늘 힘내시고 건강하세요. 감사합니다.

대구에서 이상민 작가 드림.

편지를 보면 알 수 있듯이 내가 앞으로의 글쓰기에 대해 엄청난 고민을 하고 있을 때였다. 책을 16권이나 써도 책 한 권을 쓴다는 것은 여전히 어렵다. 지금도 책쓰기는 확신을 가지기 어려운 분야다.

결국 조용헌 선생님에게 고민 편지를 보냈는데, 선생님께서 내게 전화를 주셨다. 나는 선생님 집에 가서 많은 이야기를 나눌 수 있었다. 내가 쓴 책을 드렸는데, 선생님께서 "기획과 글이 훌륭하다. 재주가 있다"고 하셨다. 함께 밥을 먹고 산책을 하면서 많은 대화를 나누었다. 그리고 조용헌 선생님은 대뜸 자신의 집에서 1년 동안 머물며 글쓰기도 배우고 함께 책을 내면 어떠냐고 하셨다. 분명 좋은 제안이었다.

나는 여러 생각 끝에 거절했다. 지금 생각해보면 1년 동안 조용헌 선생님과 함께 있는 것도 나쁘지 않았을 것이다. 그러나 그때는 혈기 왕성한 생각에 내 책을 먼저 쓰고 싶었다. 선생님은 그래도 자신의 집에서 일주일 정도 머물다 가라고 하셨다. 며칠 머문 후 나는 대구로 돌아와 열심히 책을 썼다. 선생님께는 지금까지도 다양한 조언을 듣고 있다.

그런데 책을 쓸 때 스승이 필요할까? 책쓰기를 한 번도 배우지 않은 상태에서는 모든 것이 시행착오다. 시간과 에너지 낭비가 엄청나다. 물론 그조차도 나중에는 피와 살이 되지만,

한 권의 책을 쓰는 데 3년씩 시간을 쓸 필요가 없다. 스승과 함께하면 3~4개월 만에 할 수 있는 것이 책쓰기다.

나도 책쓰기를 스승에게 배웠더라면 좋았을 텐데, 라는 생각을 한다. 혼자 깨치며 글을 써야 했기 때문에 힘이 많이 들었다. 조언을 해주는 사람이 없었으니, 모든 과정이 시행착오였다. 출판사 편집자도 매번 조언해주지는 않는다. 지금 친하게 지내는 편집장분들이 있지만 원고에 대해서 계속 귀찮게 할 수는 없다.

요즘에는 글쓰기 관련 책이 많이 출판되어 있으므로 참고하면 좋다. 다만 이론으로는 한계가 있다. 이론만으로 책을 쓸 수 있는 사람은 100명 중 1명에 불과하다. 개인적으로 평생 한 번도 책을 써보지 않았다면 책쓰기 학원 수강을 추천하고 싶다.

그렇다면 어떤 책쓰기 선생에게 배워야 할까. 책쓰기는 선생의 역량이 가장 중요하다. 글쓰기를 가르치는 이가 집필한 책이 몇 권인지, 베스트셀러에 오른 경험이 있는지, 그 책은 어떤 콘텐츠를 담고 있는지, 공신력 있는 단체에서 좋은 책으로 선정된 경험이 있는지 등을 살펴보아야 한다. 책쓰기 선생이 10년 차 이상의 작가 경험을 갖고 있는 것이 절대적으로 중요하다. 책쓰기도 여타의 일과 마찬가지로 오랜 시간 동안 지속하면서 깊은 고뇌와 숙고를 더할 때 내공이 더 깊고 단단해진다.

그리고 그 수강생들의 책이 얼마나 출판되었는지, 대형 출판사 계약이 얼마나 되었는지, 책을 출판한 후의 결과가 어떤지를 눈여겨봐야 한다. 책을 출판한 후의 베스트셀러 진입이나 공신력 있는 단체에서의 수상 결과가 중요하다.

혼자 첫 책을 쓰려고 하면 장기 레이스로 생각하는 편이 좋다. 빠른 시간 내에 책을 내기는 쉽지 않다. 출판사에 투고해서 거절을 당해도 계속 원고를 다듬으면서 포기하지 마라. 3년 정도의 시간을 기다리면서 써야 한다.

글쓰기 학원에 다니지 않아도 좋아하는 작가를 스승으로 삼을 수 있다. 나도 수많은 작가들로부터 글쓰기를 간접적으로 배웠다. 지금은 조용헌 선생님께 다양한 가르침을 얻고 있다. 일주일에 두세 번씩 연락을 주고받으며 도움을 얻고 있다. 진정으로 위대한 스승은 말이 없다. 결정적 순간의 한마디는 결과를 만들어낸다.

나도 책쓰기 수업을 하면서 그런 스승의 모습을 닮으려고 한다. 결정적인 몇 마디가 시작이 되어 책을 완성할 수 있는 결과를 이루어내길 바란다. 수강생의 자질과 능력이 꽃필 수 있도록 도와주는 것이 스승이 해야 할 일이다. 언제까지 제자에게 음식을 떠먹여줄 수는 없는 일이다. 스승은 스스로 결과를 만드는 힘을 길러주어야 한다.

책쓰기에 필요한 활동들

책쓰기를 잘하려면 독서, 정리, 공부, 메모, 관찰, 해석, 경험, 상상, 통찰을 잘해야 한다. 한 권의 책이 나오기 위한 과정이라고 할 수 있다. 하나하나씩 살펴보자.

먼저 '독서'만 많이 해도 글쓰기의 8할이 해결될 수 있다. 독서를 통해 자료를 얻고, 집필 방식을 배울 수 있다. 모든 작가에게는 스승이 있는데, 책을 통해 배울 수도 있다. 책에서는 내가 쓸 책의 주제와 자료뿐만 아니라, 나의 본질도 발견할 수 있다.

소설가 정유정은 자신의 책 『정유정, 이야기를 이야기하다』에서 글쓰기의 첫걸음은 자신의 장르라고 짐작되는 분야의 책을 많이 읽는 것이라고 했다. 그냥 읽는 게 아니라, 분석

하면서, 해부학을 공부하듯 읽다 보면 어떤 패턴을 볼 수 있게 된다고.

거의 모든 작가들이 자료 수집에서 책쓰기의 답을 얻고 있다. 자료 수집은 책, 인터뷰, 논문, 신문, 보고서, 강의 등을 통해 할 수 있다. 책을 쓰기로 한다면 자료를 최우선으로 준비해야 한다.

두 번째, 꼼꼼하고 체계화된 '정리'가 좋은 책을 만든다. 책쓰기는 정리가 중요하다. 본질을 파악하고, 중요한 정보와 그렇지 않은 정보가 무엇인지 구분한다. 독자에게 도움이 될 포인트를 파악하여 끝까지 파고들어야 한다. 자료의 끝을 보고 체계적으로 정리한다.

세 번째, 책쓰기는 기본적으로 '공부'다. 공부를 싫어하는 사람은 책을 쓸 수 없다. 강력한 지적 호기심이 필요하다. 작가는 기본적으로 학자다. 즉, 배우는 것을 좋아하고 즐기는 사람이다. 그래야만 책을 쓸 수 있다. 책쓰기는 철저한 자료 수집이기 때문이다.

네 번째, 작가에게 있어 '메모'는 매우 중요하다. 시간이 지나면 반짝반짝한 순간의 아이디어는 휘발되므로 일상을 메모로 시작해서 메모로 끝내야 좋은 책을 쓸 수 있다. 그때그때 작은 메모가 책으로 발전할 수 있다. 내 안에 있는 콘텐츠도 활용하지 못하면 좋은 책을 쓸 수 없다. 내 머릿속의 자료를 수시로 꺼내야 좋은 책이 나온다.

다섯 번째, 매일 만나는 일상을 능동적인 '관찰자' 입장에서 바라볼 수 있어야 깊고 참신한 글을 쓸 수 있다. 보는 것과 그저 보이는 것의 차이는 매우 크다. 1년째 아파트 2층에서 살아도 1층에서 2층으로 올라가는 계단이 몇 개인지 아는 사람은 드물다. 주의를 기울이지 않으면 아무것도 눈에 들어오지 않는다. 일상을 낯설게 바라봐야 한다. 글쓰기의 본질은 몰입이지만, 동시에 넓은 시야를 가질 수 있어야 좋은 글이 나온다.

여섯 번째, 글은 작가의 '해석'이다. 작가의 생각이 공신력이 있는가 없는가는 근거 자료가 뒷받침한다. 처음부터 정론은 없으니 만들어가는 것이다. 세상을 바라보는 작가의 해석으로 독자에게 말을 걸어 설득한 책이 베스트셀러가 된다.

일곱 번째, '경험'은 책쓰기의 강력한 무기다. 경험을 통해 살아 있는 지식을 섭렵할 수 있다. 직접 경험한 사람만이 자신만의 언어로 말할 수 있다. 직접 경험을 통해 책 속의 지식을 만나야 비로소 자기 것이 된다. 그래서 작가들은 여행, 답사 등을 통해 다양한 경험을 쌓아야 한다.

대부분 직장생활을 하느라 바쁘게 살아가기 때문에 우리가 경험할 수 있는 세계는 한계가 있다. 그래서 책의 역할, '상상력의 힘'이 중요하다. 문제의 본질을 파악하는 것, 새로운 세상을 여는 것의 핵심은 상상력이다. 새로움을 생각할 수 있는 힘은 좋은 책을 쓰도록 만든다.

마지막으로 '통찰'이다. 책쓰기는 '주제 확정 → 자료 수집 → 사색과 숙고 → 자기화 → 집필'의 과정을 거친다. 이때 핵심이 되는 것이 바로 통찰이다. 사색과 숙고의 시간을 거쳐 수집한 자료를 자신의 지식으로 만들고, 본질을 꿰뚫어 보아야 한다. 방대한 자료를 융합한 후 내 것으로 만들어내기 위해서는 결국 통찰력이 핵심이다.

책쓰기를 하려는 사람들은 앞의 아홉 가지를 친구처럼 여겨야 한다. 책쓰기를 할 때 반드시 필요한 활동이다. 위의 친구들과 어울려야 한 권의 책을 써낼 수 있다.

전문가는
베스트셀러를 안 산다

내가 매주 진행하는 책쓰기 특강에서 강조하는 내용이 있다. 피라미드 구조에서 상위 1퍼센트 위치에 있는 이가 작가, 전문가라면, 나머지 상위 19퍼센트가 중급자, 하위 80퍼센트가 왕초보 독자다. 즉, 지식 생산과 소비의 구조에서 작가는 상위 1퍼센트 전문가다. 콘텐츠를 소비하는 사람은 하위 80퍼센트 그룹인 왕초보다. 그들이 대중독자가 된다.

실제로 그렇다. 책을 쓰는 사람은 많이 알고 있는 사람이다. 독자는 누구인가? 그 분야에 대해 잘 모르는 80퍼센트의 사람들이다. 그들이 내 책을 읽어야 베스트셀러가 된다. 대중독자들이 움직여야 내 책이 베스트셀러가 된다.

대중독자들은 누구인가? 책을 1년에 10권도 안 보는 사람이 대중독자다. 그중 서너 권은 베스트셀러니까 남 따라 책을 사는 사람들도 많다. 내 분야에 대해서 잘 모르는, 아니 아예 모르는 왕초보 집단이 베스트셀러를 만들어준다.

교육 시장과 출판 시장의 구조는 똑같다. 상위 1퍼센트가 생산하고, 하위 80퍼센트가 소비하는 구조로 만들어진다. 상위 1퍼센트 사람들은 베스트셀러를 안 본다. 책을 많이 보는 사람, 전문가 그룹은 베스트셀러를 잘 안 본다. 책을 많이 안 읽는 사람들이 베스트셀러를 사고, 베스트셀러를 만든다. 그러니 대중서를 만들려면 하위 80퍼센트에 철저히 맞춰야 한다.

실제로 상위 1퍼센트에 해당하는 그룹은 어떻게 책을 읽을까? 그들은 서점에 가서 베스트셀러를 보지 않고, 귀퉁이에 꽂혀 있는 책을 집어 든다. 베스트셀러는 너무 수준이 낮다고 생각하기 때문이다.

그렇다면 상위 집단에 가까운 중급자는 누구인가? 그들은 이미 하위 80퍼센트 단계를 뛰어넘은 사람들이다. 어느 정도 스스로 독학이 가능하고, 베스트셀러를 읽지 않는다. 스스로가 주체적으로 움직이면서 높은 지식을 흡수한다.

결국 출판 시장은 하위 80퍼센트, 즉 왕초보 집단인 대중들이 만드는 것이다. 그들에게 눈높이를 철저히 맞춰야 한다. 상위 1퍼센트에 있는 작가, 전문가 그룹은 어디에 있는가? 산꼭대기에 있다. 대중은 어디에 있는가? 평지 아래 있다. 이 말은 무슨 말인가? 산 위에 있는 사람이기에 산 밑에 있는 사람의 마음을 전혀 모른다. 산꼭대기에 있으니 산의 공기와 물이 세상의 전부인 줄 안다. 사람들은 수준이 비슷한 사람들끼리 친구가 된다. 그렇기 때문에 전문가들은 수준이 비슷한 전문가들끼리 친구가 되고, 그래서 이야기를 나누는 것도 비슷하다.

그래서 어떻게 되는가? 대중들의 눈높이와 점점 더 멀어져 간다. 소위 작가가 되려는 사람은 대중들과 눈높이 맞추기에서 대부분 실패한다. 전문가가 쓰면 대중독자에겐 너무 어려운 책이 나올 수 있다. 그들은 전문가인 내 친구가 보기에 부끄럽지 않은 책을 써야지, 라고 생각한다. 전문가인 친구가 보기에 부끄럽지 않은 책을 쓰고 책이 망하게 된다.

그래서 나는 책쓰기 특강에서 늘 이렇게 말한다. "여러분들 책 쓸 거죠? 그때 전문가인 여러분들 친구가 '야, 이게 책이냐?' 이렇게 말하면 책은 대박이 납니다. 친구가 '야, 너 진짜 책 잘 썼다' 이렇게 말하면 쪽박을 찹니다. 아시겠죠?" 대중들의 눈높이로 확 낮추는 것이 절대적으로 중요하다.

사람들은 자신의 생각과 고민에 대해 생각할수록 더욱 빠져든다. 자기가 전문가이면 다들 그런 수준이라고 생각한다.

자기가 고승(高僧)이라는 것은 산에서 내려와 대중을 만나봐야 알 수 있다. 산에만 있으면 자신을 모른다. 전문가는 비전문가의 수준과 마음을 잘 모른다. 자신의 현재 상황에 깊숙한 몰입이 되어 있기 때문이다.

전문가들은 대부분 어렵게 강연한다. 청중의 반응이 별로 좋지 않으면 이렇게 생각한다. '아, 내 강연이 이렇게 반응을 못 이끌어내다니. 내 공부가 부족하구나. 더 열심히 공부하고 연구하자.' 다음에 더 어렵게 강의를 해서 더더욱 함정 속으로 빠져든다. 전문가는 책이 잘 팔리지 않으면 오히려 어렵게 썼다는 것을 인정해야 한다. 강연이 실패하면 그만큼 내가 어렵게 말했다는 것으로 이해해야 한다. 독자들은 그 분야에 대해 잘 모르기 때문이다. 극단적으로 말해서 단 1도 모르기 때문이다.

그럼 어떻게 눈높이를 맞출 수 있을까? 그 분야에 대해 아무 지식이 없는 사람에게 내 목차와 원고를 보여주고 이해할 수 있다는 말을 들으면 일단 성공한 것이다. 그렇지 않으면 실패다. 내 분야의 전문가에게 내 원고의 피드백을 받으면 안 된다. 여러분이 만족시켜야 할 독자는 왕초보, 하위 80퍼센트니까.

왕초보 저자는
잘 쓰려고 하지 말 것

글쓰기에서 가장 중요한 것은 '메시지 전달'이다. 글쓰기의 최대 적은 무슨 말인지 모르게 글을 쓰는 것이다. 처음 책을 쓰는 사람은 잘 쓰려고 하지 말고, 메시지 전달에만 집중해야 한다. 화려한 문장이 아니라, 정확한 메시지를 전달하기 위해 노력해야 한다. 독자도 문장 감상이 아니라, 자신에게 도움이 되고 가치 있는 정보를 얻기 위해 책을 선택한다. 그 점을 정확히 알고 넘어가자.

글을 쓰면서 스스로 스탠퍼드대 칩 히스(Chip Heath) 교수가 말한 '지식의 저주'에 빠지면 안 된다. 지식의 저주란 다른 사람의 반응을 예상할 때, 자기가 알고 있는 지식을 다른 사람도 당연히 알 것이라는 고정관념에 빠져 나타나는 인식의 왜곡을 말한다. 대중적인 성공을 거두는 베스트셀러 작가가 되려면 책을 대폭 쉽게 쓰자. 대중독자들이 내 책을 많이 읽게 하고 싶으면 글의 수준을 낮춰라.

글쓰기 왕초보가 메시지 전달이 잘되는 글쓰기를 하는 비결이 있을까? 어떻게 책을 쉽게 쓸 수 있을까? 여러분들이 베스트셀러 작가가 되기를 원한다면, 다음을 명심해야 한다.

첫 번째, 쉬운 단어를 쓰자. 내용상 필요한 어려운 용어는 최대한 풀어서 쓰고, 필요하면 해설을 함께 넣는다.

두 번째, 반드시 단문으로 써라. 한 문장 길이는 한글 파일 한 줄을 넘지 않도록 한다. 왜 단문인가? 주어와 동사 사이가 길면 동사부를 읽다가 주어부 내용을 잊을 수 있다. 긴 문장이 많으면 독해 자체가 어려울 수 있다. 글을 쓸 때 가장 중요한 점은 메시지 전달이므로 단문을 써라.

세 번째, 중학교 1학년도 이해할 수 있는 수준으로 글을 쓰자. 읽고 바로 무슨 의미인지 파악할 수 있도록 간단명료해야 한다.

쉽게 쓴다는 것은 다른 것이 아니다. 결론적으로 어려운 단어를 쓰지 말고, 단문으로 쓰되, 중학교 1학년도 이해할 수 있는 수준으로 쓰는 것이다. 누구나 의식적으로 단문 쓰기를 할 수 있다.

단문 쓰기는 글쓰기의 핵심이다. 짧은 문장에서 뿜어 나오는 콘텐츠의 힘이 느껴져야 한다. 콘텐츠의 힘은 충분한 자료에서 나온다. 화려한 글솜씨에서 나오는 것이 아니므로 안심해도 된다. 자료를 통해 할 말이 생기고, 깊이 있는 글이 나온다. 글쓰기에서 '쉽게, 깊게'를 충실히 지키면 좋은 책의 저자가 될 수 있다.

횡설수설하지 않고 쓰는 법

책을 쓸 때 중요한 것 중 하나는 자기가 말하고자 하는 바를 정확히 아는 것이다. 책에서 말하려고 하는 메시지를 부각하기 위해 어떤 내용을 담을 것인가 큰 그림을 그리며 책을 쓰는 것이 중요하다. 목차 하나하나가 모두 모이면 어떤 내용이 펼쳐지는지 분명히 예측할 수 있어야 한다. 메시지를 명확히 하지 않으면 책을 쓸 때 횡설수설하게 된다.

쓰는 사람이 무슨 말인지 모르는데 어떻게 독자가 무슨 말인지 알겠는가? 결국 나도 모르고, 독자도 모르는 글이 나온다. 중심 있는 원고를 쓰기 위해서는 다음 네 가지의 방향을 잡고 써나가야 한다.

첫 번째, 주제문과 목차를 중심으로 원고의 일관성을 유지해야 한다. 실제 수강생들을 지도해보면 이 부분에서 많은 문제를 일으킨다. 글은 먼저 목차와의 일관성, 동시에 주제문과의 일관성도 지켜야 한다. 그런데 글을 쓰다 보면 해당 목차에 자연스럽게 집중하면서 주제문과 관계없는 이야기를 확장하게 된다. 주제문을 중심으로 한 메시지의 일관성이 사라진다. 자신이 하려는 말은 길을 잃는다. 글은 해당 목차뿐만 아니라 주제문도 만족시켜야 한다.

글쓰기를 잘 진행하기 위해서는 글의 구조를 잘 짜야 한다. 서론, 본론, 결론의 글 양을 각각 1 대 8 대 1로 한다. 혹은 1 대 7 대 2로 한다. 서론은 본론의 인사말이므로 가볍게 인사를 나누듯 들어가면 된다. 전체 글의 70~80퍼센트 분량인 본론을 잘 쓰기 위해서는 메시지 설정을 잘해야 한다. 메시지를 뒷받침할 근거 자료 준비가 필요하다. 메시지는 최대 3개로 하되, 각각 일정한 원고량이 나와야 한다. 일정한 양의 글이 쌓여야 글의 깊이가 나온다. 마지막으로 결론은 본론의 정리다. 본론의 내용을 적용할 수 있는 실천 팁을 제시할 수 있다. 독자들이 쉽게 실천할 수 있는 책이 되기 위해 좋은 방법이다.

두 번째, 타깃독자에게 말하듯 써야 한다. 엄밀히 말하면 우리는 독자를 설득하기 위해 책을 쓰는 것이다. 모든 비즈니스는 고객의 문제를 효과적으로 해결해줄 때 성공한다. 책도 마찬가지다. 고객의 문제를 해결해줘야 한다. 내 옆에 바로 독자 한 명이 있다고 생각하고 써야 한다. 그렇게 책을 써야 방향이 정확한 글을 쓸 수 있다.

세 번째, 책에서 말하고자 하는 메시지를 의식하며 써야 한다. 글을 쓸 때 욕심을 부리면 안 된다. 너무 잘 쓰겠다고 생각하면 핵심 메시지에 대한 생각이 옅어진다. 잡다한 것들이 머릿속에 떠올라 주제와 먼 이야기를 할 수 있다. 독자에게 너무 많은 것을 주려다 오히려 본질에서 멀어진다.

네 번째, 철저히 단문 쓰기에 집중해야 한다. 단문 쓰기의 중요성에 대해서는 질리도록 수강생들에게 말한다. 이것만 지켜도 책의 메시지 전달력이 높아져 원고가 술술 읽힌다. 기본에 충실할 때 가장 강한 원고가 나온다. 가독성이 올라간다. 글은 하고자 하는 말의 전달력이 가장 중요하다.

이 네 가지만 지켜도 90퍼센트 이상 안전한 원고를 쓸 수 있을 것이다. 책쓰기는 기본에 충실할 때 가장 좋은 힘을 낸다. 올바른 방향키를 잡고 뚜벅뚜벅 열심히 걸어가면 어느덧 종착지는 가까워진다.

이미지가 연상되도록 써라

내가 하고 싶은 말을 잘 전달하기 위해선 어떻게 해야 할까. 독자가 글을 읽었을 때 생생하게 이미지를 그릴 수 있는 글쓰기를 해야 메시지 전달력이 높아진다. 예를 들어, "제가 보고서를 잘 씁니다. 매우 잘 씁니다"라고 하면 아무도 이 말에 납득을 못 한다. '어떻게 잘 쓴다는 거지? 그 근거는 뭐지?'라는 생각이 든다.

구체적으로 이렇게 말해야 한다. "저는 보고서를 잘 쓰기 위해서 100권 이상의 보고서 관련 책을 보았습니다. 100개 이상의 샘플 보고서를 만들어보았습니다. 제가 보고서를 얼마나 잘 쓰는지 객관적으로 검증받고 싶었습니다. 그래서 공모전에 도전을 했습니다. 그 결과 보고서 관련 공모전에서 30회

정도 수상하게 되었습니다. 그래서 대기업에 가서 보고서 작성법으로 강연을 하기도 했습니다."

한 발 더 나아가 이렇게 말해야 한다. '어떻게 보고서 쓰기 연습을 한 줄 아세요? 어떻게 보고서를 쓴 줄 아세요?'에 해당하는 구체적인 사례가 나와야 한다. '보고서를 잘 쓰기 위해서 관련 도서 100권을 읽었다, 실제 보고서를 잘 쓰기 위해 보고서 잘 쓰는 법 강의를 들었다, 실제 보고서 작성을 하면서 상사의 피드백을 반영해 계속 개선을 거듭해왔다, 처음에는 보고서를 잘 못 썼으나, 상사가 나의 능력을 인정했으며 지금은 보고서 쓰는 법으로 교육을 하고 있다'라는 개선 과정을 담아야 한다. 그래야 사람들은 '음, 이 사람처럼 하면 나도 할 수 있겠네'라고 납득을 한다. 독자들을 설득하려고 하지 말고 저절로 납득하도록 만들어야 한다. 공감의 힘은 구체적으로 쓰기다.

글을 읽었을 때 과정의 흐름이나 이미지가 연상되도록 써야 한다. 인간의 사고는 이미지로 처리된다. 사람은 복잡한 것을 단순화해서 이미지로 받아들인다. 『스피노자의 뇌』를 집필한 서던캘리포니아대 뇌과학연구소장 안토니오 다마지오는 사람의 사고는 이미지를 바탕으로 표현하는 것이라고 했다.

지금 내가 말하고자 하는 바를 종이 한 장으로 그릴 수 있다면 가장 좋다. 그림으로 이야기를 이어나가는 것은 좋은 집필 방식이다. 출판 왕국 일본의 책을 보면 사진이나 그림이 많이 들어가 있는데, 독자들의 이해를 극대화하는 방식이기 때문이다. 이미지, 도표 등은 글의 메시지 전달력을 높인다.

소리를 활용할 수도 있다. 글이 안 써진다면 먼저 말로 해보자. 대화를 하면서 생각이 정리되는 경험을 많이 했을 것이다. 생각이 복잡할 때 조용한 곳에 가서 혼자 말을 해보자. 스스로 말하고자 하는 메시지를 재확인하면서 논리를 다지게 된다.

나도 글이 잘 안 써지면 녹음기를 가지고 길을 걷는다. 길을 걸으면서 말해본다. 생각을 정리해본다. 산책하면서 녹음한 것을 바탕으로 글을 쓴 적도 있다. 산책을 하면 뇌가 활성화된다. 뇌도 몸의 일부이기 때문에 걸을 때, 운동할 때 뇌가 활성화된다.

이처럼 우리는 감각을 자극하는 방식을 활용해 글을 쓸 수 있다. 이미지를 그리며 소리 내어 쓴 저자의 경험은 독자의 경험이 되어 이미지로 그려질 수 있다. 구체적으로, 생생하게 살아 있는 글은 독자의 문장이 된다.

1. 독자를 떠올리며 글을 쉽게 써라. 늘 독자를 배려하며 써라.

2. 다른 사람의 문체를 닮으려고 애쓰지 마라.

3. 부정적인 글, 남을 비난하는 글은 쓰지 않는 것이 좋다. 글은 일단 재미
    가 있어야 한다. 쾌활하고 밝은 글을 통해 사람들에게 즐거움과 행복을
    전하도록 하자.

4. 글을 쓸 때는 자신감을 가지고 써야 한다. 강한 자신감을 가지고 자기의
    말을 써야 한다. 되도록 '생각한다'와 '그럴 것이다' 같은 표현은 쓰지 않
    는다. 자신감 있는 표현이 좋다.

5. 최대한 짧은 문장으로 써야 한다. 문장의 길이가 한글 파일 A4를 기준으
    로 한 줄을 안 넘기는 것이 최상이다. 평소 글을 쓸 때 단문 쓰기를 의식
    하고 써라.

6. 핵심 메시지를 떠올리며 쓴다. 글이 방향을 잃으면 안 된다. 해당 목차의 작은 이야기에 집중해서 큰 메시지를 벗어난 글을 써도 안 된다. 글은 해당 목차와 주제문을 동시에 만족시켜야 한다.

7. 수식어 사용을 자제해야 한다. 메시지 전달력을 높이려면 단문으로 써야 한다. 읽자마자 중학교 1학년도 이해할 수 있는 수준으로 써라.

8. 자기 생각이 있어야 한다. 자료 수집이 중요하다고 자료만으로 글을 쓰면 안 된다. 자료는 작가의 생각을 뒷받침해주는 수단일 뿐, 핵심 메시지가 될 수 없다. 작가는 자기만의 생각과 관점이 있어야 한다. 자기 생각으로 메시지를 자유롭게 끌고 가야 한다.

9. 글을 쓸 때 가능하면 결론부터 써라. 그 후 결론을 이해할 수 있도록 이야기를 끌고 가야 한다. 글은 두괄식이 좋다. 전체 내용을 다 읽고 무슨 내용인지 파악하도록 하면 독자는 지친다. 곧바로 결론을 파악할 수 있도록 하고, 글을 읽으면서 이 말이 무슨 말인지 납득할 수 있는 구조로 글을 써라. 그것이 독자를 위한 배려다.

10. 접속사는 최대한 생략한다. 접속사가 없어도 무슨 말인지 알 수 있다. 접속사가 중간에 끼면 글을 읽다가 독해의 흐름이 깨질 수 있다.

11. 글을 쓸 때 가능하면 숫자, 그림, 사진 등을 넣는 것이 좋다. 숫자를 넣으면 객관적으로 파악할 수 있고, 이미지를 넣으면 글의 내용이 한눈에 보인다.

12. 머리에 확 들어오는 단어가 좋은 단어다. 좋은 저자는 어렵고 화려한 단

어가 아니라 평범한 단어를 낯설게 쓸 줄 안다.

13. 의도적인 반복을 통한 강조가 아니라면 같은 내용은 생략한다.

14. 한 목차에서 인용이 최대 3개를 넘지 않도록 한다. 이론과 사례가 너무 많으면 내 글이 자료에 묻혀버린다.

15. 하나의 목차에서 메시지는 최대 3개를 넘지 않도록 한다. 메시지가 너무 많으면 내용의 깊이가 얕아진다. 불가피하게 메시지를 많이 넣어야 한다면, 원고 분량을 늘려서 글의 깊이가 떨어지지 않도록 할 것!

16. 한 문단에는 하나의 내용만 담도록 한다. 같은 이야기는 함께 있도록 구성한다. 같은 메시지가 흩어져 있으면 독자가 정리하기 힘들다.

17. 특별히 대단한 말을 쓰려고 하지 말고 아는 만큼만 써라. 평소에 쓰던 말을 써라. 독자에게 너무 있어 보이려고 하지 마라.

18. 말이 되는 글을 써야 한다. 누구나 글을 읽고 무슨 말인지 납득이 되어야 한다. 논리를 갖춘 글을 써라. 글 쓰는 이부터 이해할 수 있는 글이어야 독자를 설득할 수 있다.

19. 사람마다 다른 해석을 할 수 있는 모호한 표현은 쓰지 마라. 우리는 시나 소설을 쓰는 것이 아니다. 일반 산문을 쓰는 것이다. 100명이 글을 읽었을 때 100명의 해석이 같은 글을 써라. 그러려면 정확한 단어와 문장을 써야 한다. 의미에 혼동이 생기면 안 된다.

20. 어떤 메시지에 대해 쓴다는 메모를 앞에 붙여놓고 글을 써라. 자신이 무슨 말을 하고 있는지 모르면 안 된다. 주제를 분명히 알고 써라.

21. 글이 안 써지면 무엇 때문인지 생각해봐라. 대부분은 자료가 부족하거나 자료에 대한 이해력이 부족하기 때문이다. 너무 잘 쓰려고 하기 때문일 수 있다. 글이 안 써지는 원인을 찾아 문제를 해결한 후 써라.

22. 서론과 본론, 결론의 비율은 각각 1 대 8 대 1 혹은 1 대 7 대 2로 쓰면 좋다. 글은 본론이 핵심이다. 서론은 본론으로 들어가기 전에 인사를 하는 단계, 결론은 본론을 정리해주는 마무리다. 결론에서 실천 팁을 넣어도 좋다.

23. 글쓰기를 하기 전에 개요를 작성할 것! 전개할 내용의 메시지를 정하고, 메시지를 뒷받침할 자료를 배치한다. 글은 자료를 바탕으로 쓴다. 누구도 암기해서 글을 쓸 수 없다.

24. 글을 쓸 때 메시지의 일관성이 흐트러지지 않도록 철저하게 주의를 기울여야 한다. 단, 각 문단의 메시지도 독립성을 지녀야 한다.

25. 현학적 표현은 쓰지 마라. 어렵게 쓰면 안 된다. 내가 말하는 지식에 대해 잘 모르는 독자에게 친절한 글이 되어야 한다.

26. 독자를 가르치려는 듯 쓰지 마라. 가능한 한 독자의 눈높이에서 공감을 이끌어내는 글을 써라. 독자는 책을 읽으며 공부가 아니라 문화생활을 하고 싶다. 책은 가볍고 재미있어야 한다.

27. 글을 쓸 때는 타깃독자 외 다른 독자는 생각하지 마라.

28. 장르마다 글쓰기 방식이 조금씩 다를 수 있다. 경쟁 도서를 보면서 감을 잡아라. 필요하면 필사를 통해 문장 분위기를 체득한 후 써라.

29. 글은 바른 삶을 산 사람이 잘 쓸 수 있다. 진심을 담아야 하기 때문이다. 먼저 올바른 삶을 살아라. 편견 없이 사람을 대하고, 바른 마음을 지니고 있어야 한다.

30. 퇴고 시 문장을 빼거나, 문장 길이를 줄이는 과정에 마지막까지 집중하도록.

31. 글을 읽었을 때 편안한 마음이 드는 것이 좋다. 편안한 글은 편안한 마음으로 쓴 글이다. 그래서 글을 쓸 때 마음의 여유가 필요하다.

32. 글을 쓴다는 것은 말을 하는 것이다. 동시에 생각하는 것이다. 글이 안 써지면 쓰려는 문장을 떠올리며 말로 표현해봐라. 그러면 글쓰기의 실마리를 찾을 수 있다.

33. 글쓰기에 자신이 없는 사람은 녹음을 해도 도움이 된다. 녹음 파일을 타이핑한 후, 문장을 고쳐 쓰도록 한다.

34. 글이 안 써진다고 쉽게 포기하지 마라. 내 마음 안에 절박함을 불러일으켜라. 글을 못 쓰는 것은 절박함이 부족하기 때문이다.

35. 글쓰기를 머리로 한다고 착각하지 마라. 글쓰기는 엉덩이로 하는 것이다. 더 나아가 절박한 마음으로 하는 것이다. 절박한 마음을 품고 독하게 앉아 쓰는 것이다. 무라카미 하루키는 새벽 4시에 일어나 5~6시간 글을 쓰고, 매일 10킬로미터를 뛰고 1,500미터를 수영한다. 밤에는 음악을 듣거나 책을 읽는다. 책쓰기는 체력전이다. 절박한 마음을 가지고 엉덩이로 누르는 싸움이 본질이다.

36. 글쓰기의 아이디어는 메모에서 나온다. 평소 메모를 열심히 하면 소재 발굴도 쉬워지고, 잘 쓸 수 있다. 정민 한양대 교수는 병원 차트에 책 쓸 기획을 파일로 정리해놓는 것으로 유명하다. 평소 메모가 쌓여 책이 된다.

37. 글쓰기를 할 때 횡설수설하지 마라. 결론을 하나하나씩 입증해나간다고 생각하자. 스스로 주제문과 메시지를 완벽히 내 것으로 만들고 써야 한다.

38. 글의 목적에 따라 글의 스타일은 달라진다. 그러나 대부분의 책은 실용서라고 할 수 있다. 책의 내용대로 따라 하면 무엇이든 잘할 수 있는 방법론을 알려주기 때문이다.

39. 글을 쓸 때 해당 목차와 주제문이 독립성을 갖되 책의 주제를 뒷받침할 수 있는 일관성을 갖추도록 써야 한다. 문단이 일관성을 갖추기 위해서는 논리성, 통일성, 완결성이 있어야 한다. 글은 설득력이 있고(논리성), 하나의 주제를 말해야 하며(통일성), 확실한 마무리를 해야 한다(완결성).

40. 독특한 문장이 아니라 평범한 문장을 써라. 강력한 메시지는 평범한 문장에서 온다.

41. 어려운 것을 쉽게, 쉬운 것을 더 쉽게 전달하도록 고민하자.

42. 글을 잘 쓰기 위해서 사람들과 말을 많이 나눠야 한다. 대화를 나누면서 공감력이 키워진다. 공감력도 글쓰기의 핵심 역량 중 하나다.

43. 머레이비언 법칙이 있다. 어떤 사람이 말을 했을 때 내용은 7퍼센트의 영

향력만 있다는 것이다. 반면 외모가 55퍼센트, 목소리가 38퍼센트 영향을 미친다. 글의 내용이나 줄거리도 중요하지만, SNS에서 보이는 작가 감성이 더 크게 작용할 수 있다.

44. 글쓰기를 할 때 다른 사람의 피드백을 반드시 받아봐라. 의외로 도움이 될 내용을 들을 수 있다. 다른 사람은 내 글을 객관적으로 볼 힘이 있다. 마찬가지로 편집자도 그렇다. 출판 계약을 한 후 편집자의 의견을 존중하자. 열 손가락 깨물어 안 아픈 손가락 없다고 자기 글은 자기가 못 고친다. 다른 사람이 객관이라는 칼을 들고 고쳐야 고쳐진다.

45. 글쓰기에도 운이 개입한다. 글을 발표할 타이밍을 잘 잡아야 글이 성공한다.

46. 글쓰기를 하다가 자학하지 마라. 나는 나만의 글 스타일이 있는 것이다. 내 글을 사랑하는 독자는 반드시 있다. 모든 독자를 만족시키는 글은 없다.

47. 글을 잘 쓰려면 기본적으로 예술가가 되어야 한다. 생각의 발상이 유연하고 자유로워야 한다. 글 쓰는 사람의 생각이 틀에 갇히면 안 된다.

48. 내 글을 보는 독자는 보통 사람이다. 보통 사람을 위한 글쓰기를 하라. 뜬구름 잡는 소리 하지 말고 구체적으로 도움이 되는 글을 써라.

49. 글쓰기가 어려울 때는 목차만 생각한다. 목차만 따라가면 쓸 수 있다.

50. 글쓰기에 있어 제1 독자는 언제나 자기 자신이다. 자신이 감동하는 글을 써라. 자신이 감동하지 않는데 어떻게 남이 감동하겠는가. 남을 감동시

킬 수 있는 글은 자기 자신을 위해 쓴 글이다. 솔직히 자신을 위해 쓴 글이다. 무라카미 하루키도 언제나 자신을 위해 소설을 쓴다. 먼저 내가 즐겁고 행복해야 한다. 내가 이 글의 첫 번째 독자임을 잊지 말도록.

51. 글쓰기가 어려우면 베껴 써봐라. 모방을 하다 보면 자신의 글 스타일이 잡힐 것이다. 나도 처음에 구본형 작가의 책을 보며 글쓰기를 익혔다. 그러다 내 스타일이 나왔다.

52. 글쓰기는 시간으로 쓰는 것이다. 자판에 글자 하나 안 두드리면서 글쓰기가 힘들다고 하지 마라. 무조건 시간을 투자해 자판을 열심히 두드려라.

53. 글이 너무 안 써진다면 딱 이틀만 쓰지 마라. 휴식하면 쓸 힘이 비축된다.

54. 좋은 글은 쉽다. 독자의 마음을 잡아내 알기 쉽게 표현한다.

55. 반드시 마감일을 정하자. 구체적인 날짜가 정해져야 사람은 긴장한다. 자료 수집부터 글쓰기까지 각 과정을 언제까지 할지 정한 후 진행해야 한다.

56. 글쓰기의 핵심은 몰입이다. 종일 그 주제에 대해 생각해야 한다. 72시간이 넘어서면 뇌가 반응한다.

57. 한 주제에 대해 최소한 10시간 이상 떠들 수 있어야 책을 쓸 수 있다. 그 주제에 대해서 누군가를 가르칠 수 있는 위치가 되어야 한다. 쉽게 설명할 수 있어야 내가 알고 있는 것이다. 글쓰기가 힘들다면 먼저 남을 가르쳐봐라.

58. 좋은 글을 쓰려면 글 하나를 계속 고치거나, 많은 글을 쓰거나 둘 중 하나다. 한 권의 책을 쓰고 나면 글발이 비약적으로 향상되는 이유도 단기간에 많은 양의 글을 쓰기 때문이다.

59. 글은 가능하면 수동태보다는 능동태로 쓰는 것이 좋다.

60. 글쓰기를 잘하려면 질문을 잘 던져야 한다. 독자들이 원하는 본질을 꿰뚫는 능력은 독자들을 만족시키는 글쓰기로 연결된다. 늘 생각하고 질문을 던져라.

당위적인 메시지가 아니라
실용적인 메시지를 써라

책쓰기 수업을 할 때 수강생이 거대 담론이나 당위적인 메시지를 쓰기 위해 오면 마음이 답답해진다. 거대한 이야기로는 개인의 구체적인 삶을 변화시킬 수 없다. 개인에게 당장 구체적인 이익이 발생하기 힘들기 때문에 반응을 하지 않는다. 여러분이 독자라면 어떤 주제가 궁금할까.

- 한국 사회에서 정의란 무엇인가
- 역사란 무엇인가

- 착하게 살자!
- 환경오염을 시키면 안 된다

위는 거대 담론, 아래는 당위적인 메시지다. 당위적인 메시지는 마땅히 옳아서 들으나 마나다. '착하게 살자'는 누구나 아는 메시지 아닌가. 이런 주제로 글을 쓰면 상투적인 말을 할 수밖에 없다. 여러분은 남이 할 수 있는 말을 하면 안 된다. 거대 담론은 정치인이 해야 할 말이다. 여러분은 구체적이고 실용적인 이야기를 해야 한다.

처음 책을 쓸수록 독자에게 구체적이고 확실한 도움을 줘야 한다. '역사란 무엇인가'보다는 '정약용으로부터 배우는 공부의 기술'과 같은 책을 써야 한다. '착하게 살자'가 아니라 '누구에게도 방해받지 않고 자유롭게 살아가는 기술', '단순하게 살아라'는 책을 써야 한다.

평범한 사람이 쓴 책을 독자는 왜 구입할까? 바로 자신의 업무에, 일상을 살아가는 데 도움이 될 것 같은 기대감 때문이다. 자신과 비슷해 보이는 사람의 이야기에 마음의 평안을 얻기 때문이다.

너무 큰 도움을 한꺼번에 주려고 하면 안 된다. 책 한 권으로 한 사람의 인생을 송두리째 바꾸겠다는 야심이 강하면 단한 자도 못 쓰게 된다. 책을 읽기 전과 후의 차이가 만드는 것을 1차적 목표로 삼아 구체적으로 실천할 수 있는 방법을 말하듯 써라. 거창함이 아니라, 작지만 확실한 결과를 만드는 책을 쓸 생각을 하자.

예를 들어, 말투에 대한 책을 쓴다면 독자들이 오늘 바로 실천할 수 있는 방법을 각 목차당 3개씩 제시하도록 한다. 실천할 수 있는 계획표, 실행 전과 후의 변화를 기입하는 표를 제공하여 스스로 변화를 경험할 수 있도록 한다. 그리고 직장생활 잘하는 법에 대한 책을 쓴다면 자기 자랑만 적으면 안 된다. 대리급 이하 사원들이 그 책을 읽고 실행할 수 있는 방법을 제시해야 한다. 방법을 제시할 때는 이론과 사례를 함께 제시한다.

지금은 거대하고 먼 미래의 성공이 아니라 1인치라도 일상을 변화시키는 구체적인 변화를 원한다. 돈은 적게 벌어도 자기다운 삶, 자유로운 삶을 원한다. 요즘은 작지만 확실한 삶의 변화를 다짐하게 하는 책이 잘 팔린다. 앞으로 최소 10년 동안 출판 트렌드는 이런 방향으로 갈 것이다.

지금 책은 구체적 개인에게 도움이 되어야 한다. 거창한 변화가 아니라 개인의 작은 성장, 마음의 평안을 이끌 수 있는 주제에 독자는 관심이 많다. 에세이뿐만 아니라 자기계발서, 인문서도 이런 방향으로 써야 한다. 독자는 자기계발서 코드보다는 실용적인 메시지에 귀를 기울인다는 점을 명심하자. 구체적인 한 개인의 삶을 바꿔줄 수 있는 메시지에 우리는 집중해야 한다.

처음부터 완벽한 원고를 쓰는 사람은 없다. 최고의 작가일수록 퇴고에 많은 시간을 투자한다. 글은 다듬을수록 좋아지지만 시간이 흐른다.

　세 번째 책을 쓸 때의 일이다. 원고를 모두 쓴 상태에서 퇴고에만 거의 1년의 시간을 투자했다. 퇴고를 해보니 끝이 없었다. 고쳐쓰기를 하면서 글이 좋아지기는 했지만 계속 고쳤더니 무려 1년이 지나 있었다. 출판사와 계약을 한 상태였는데 그만큼 시간이 흘렀다. 그렇게 출판한 책이 『맙소사, 아직도 대학이라니』다.

　『일자리 전쟁』은 자료 수집만 2년을 했다. 결론적으로 말하면, 너무 많은 시간을 투자하는 것이 능사는 아니다. 평범한 저자가 퇴고와 자료 수집에 이렇게 오랜 시간 투자를 하는 것은 좋은 일이 아니다. 전업 작가에게도 추천하고 싶지 않다. 나는 책쓰기를 어디서 배운 적이 없어서 엄청난 시행착오를 겪었다. 수개월 집중적으로 조언을 받아야 책쓰기 기술을 제대로 배울 수 있다. 지금까지 여러 시행착오를 겪은 것만 엮어도 책 한 권이 될 것이다.

출판사에서 원고를 써달라고 해서 좋아서 덥석 출판 계약을 한 적이 있다. 결국 준비가 안 된 상태에서 원고 청탁을 받아 무척 고생해서 집필했다. 3개월 동안 미친 듯이 써서 출판사에 줬더니 "우리가 원하는 원고가 아닙니다"라는 말을 했다. 미칠 것 같았다. 시간은 시간대로 흘렀고, 죽을 만큼 고생했는데 말이다. 그 원고를 타 출판사에서 출판은 했지만, 씁쓸한 기억으로 남아 있다. 글을 다듬는 것은 좋으나 너무 많은 시간을 투자해선 안 된다. 계속 다듬으면 문장이 좋아지기 때문에 오히려 멈추는 선이 필요하다. 나는 이렇게 제안하고 싶다.

퇴고한 후에는 출력해서 읽어보는 것이 좋다. PC로 보면 놓치는 것이 나올 수 있다. 가능하면 소리 내어 읽어본다. 리듬감이 좋아야 좋은 글이다. 꼼꼼하게 살펴보고 자료가 더 필요한 부분은 자료를 보충한다.

다음, 퇴고 과정에서 단문 중심으로 되어 있는지 읽어본다.

책은 반드시 술술 읽혀야 하므로, 조금이라도 긴 문장은 쪼개고 또 쪼갠다. 쉼표만 찍고 긴 문장을 그대로 두면 안 된다. 접속사와 수식어를 최대한 생략한다. 문장을 빼도 의미 전달이 되면 과감히 빼야 한다. 문장을 간단명료하게 하여 메시지 전달력을 최대한 높여야 한다.

누가 글을 읽어도 이해할 수 있는 문장인지 확인하도록 한다. 책의 정보에 대해 잘 모르는 사람에게 읽어보고 무슨 내용인지 이해가 되는지 물어봐라. 나도 한창 집필을 할 때 어머니에게 원고 판단을 부탁했다. 지금도 나는 수강생의 원고를 왕초보의 마음으로 읽는다. 조금이라도 어렵게 표현되어 있거나 이해가 안 되면 바로 알려준다. 언제나 단문으로, 쉽게 써야 한다고 강조한다. 단문 쓰기는 종교 수준으로 아무리 강조해도 지나치지 않다.

그리고 글의 성격에 맞게 다듬어야 한다. 정보성 글이라면 내용 전달이 바로 되는지, 감성적인 글은 충분히 공감이 되는지 독자 입장에서 점검한다. 지식과 정보만으로는 딱딱하게 느껴질 수 있으므로, 공감형 글이 20퍼센트 정도 담긴 글이 좋은 글이라고 할 수 있다. 개인적인 이야기라도 공감할 지점이 있어야 인간미도 느끼고 재미도 있다. 정보만 담은 글이어서 다소 딱딱하다면 공감형 글을 추가할 부분이 있는지 살펴

본다. 반대로 공감형 글이 많으면 콘텐츠가 부실하다고 느껴질 수 있다.

너무 욕심을 부려 퇴고하려고 하지 마라. 출판사에서 최소한의 맞춤법과 비문은 잡아준다. 출판사에서 새롭게 편집할 수도 있다. 편집자가 고쳐야 글이 생명력을 갖는다. 편집자와 함께 작업한다고 생각하면서 너무 욕심을 부리지 말아야 한다. 편집자의 의견을 적극적으로 듣고, 저자의 의견을 피력해야 한다. 좋은 책을 만들기 위해 편집자와 힘을 모아야 한다.

다음 사항은 퇴고할 때 참고하면 좋은 체크리스트다. 내가 퇴고하면서 체크하는 30가지 포인트이므로, 여러분도 활용하면 도움이 될 것이다.

퇴고할 때 검토해야 할 30가지 체크리스트

1. 주제가 분명한가.
2. 뻔한 말, 상투적인 말은 없는가.
3. 문장을 더 짧게 표현할 수는 없는가.
4. 문장이나 문단 순서를 바꿔서 더 좋은 부분은 없는가.
5. 본문 내용과 목차가 달라 목차를 바꿀 필요는 없는가.
6. 이해가 안 되는 단어나 문장은 없는가.

7. 중복되는 단어는 없는가.

8. 한 문장에서 뺄 부분은 없는가.

9. 인용한 자료의 오류는 없는가.

10. 문단이 논리성, 통일성, 완결성이 있는가.

11. 주어와 서술어 호응이 맞는가.

12. 수식어와 피수식어 간 호응은 맞는가.

13. 글을 읽었을 때 부자연스러운 부분은 없는가.

14. 중학교 1학년이 읽어도 이해가 되는가.

15. 조금 더 상세한 설명이 필요한 부분은 없는가.

16. 의미가 중복되어 덜어낼 문단은 없는가.

17. 주제문과 관련성이 없어 덜어낼 글은 없는가.

18. 글 전체로 봤을 때 강조할 부분을 적절히 강조하고 있는가.

19. 독자들이 글을 보았을 때 공신력 있는 글인가.

20. 진부한 표현이나 비문은 없는가.

21. 맞춤법, 띄어쓰기, 부호가 맞는가.

22. 인용이 적절한가.

23. 무자비한 독자, 악마 같은 편집자가 보고도 만족할 수 있는 글인가.

24. 소리 내어 읽었을 때 어색한 부분은 없는가.

25. 주제를 뒷받침하는 자료가 정확히 배치되었으며, 양적으로 충분한가.

26. 서론, 본론, 결론의 길이가 1 대 8 대 1 혹은 1 대 7 대 2로 균형이 맞는가.

27. 내용적으로 볼 때 빠진 부분은 없는가.

28. 각각의 목차 분량이 한글 파일 A4 2.5장(10포인트, 160퍼센트)으로 균일
하게 진행되고 있는가.

29. 목차마다 콘텐츠 전달의 완결성이 있는가.

30. 각 목차 간의 관계가 유기적으로, 통일성 있게 잘 이어지고 있는가.

콘텐츠 구성에 필요한 9가지 질문

책을 쓸 때 착각하는 사람들이 있다. 글을 잘 써야만 책을 쓸 수 있는 줄 안다. 책쓰기는 글쓰기 능력으로 결정되지 않는다. 글쓰기 능력보다 독자를 위한 기획적 사고가 훨씬 더 중요하다. 얼마나 끈질기게 자료를 수집하고 파고들어 갈지, 독자들이 책을 구매하는 셀링포인트가 어디에 있는지 파악하는 능력이 책 판매의 다른 결과를 만든다.

왜일까? 책쓰기는 글쓰기가 아니라 콘텐츠를 만드는 일이기 때문이다. 책은 '독자들에게 도움이 될 콘텐츠'다. 단순히 글의 전달이 아니라, 독자를 자극하여 구매로 연결할 예리하고 깊이 있는 콘텐츠를 담아야 할 의무가 저자에겐 있다. 글을 못 써도 책을 출판할 수 있다. 반대로 글을 잘 써도 출간이 안 될 수 있다. 오직 독자에게 유용한 내용인가, 가치 있는 콘텐츠인가로 출판 여부는 정해진다.

책을 쓰기 위해 가장 먼저 해야 할 일은 글쓰기 연습이 아니다. 출판 가능한 주제를 잡은 후, 독자들에게 도움이 될 수 있는 콘텐츠를 제공하기 위한 자료 수집이 먼저 진행되어야 한다. 독자들에게 필요한 정보를 담을 수 있다면, 문장 표현은 조금 어눌해도 괜찮다.

예를 들어보자. 강연을 듣기 위해 강연장에 갔다. A라는 사람은 멋진 정장을 입고 너무나 멋진 외모에 말도 잘한다. 그런데 가만히 들어보니 도움이 될 만한 내용이 하나도 없다. 그러면 사람들 반응이 안 좋다. 반면, B라는 사람은 그렇게 언변은 뛰어나지 않지만, 내용을 들어보니 장난이 아니다. 사람들에게 도움이 될 내용으로 강연장을 압도한다.

책도 그렇다. 사람들에게 도움이 될 내용이 절대적이다. 아무리 문장이 좋아도 문장에서 내가 얻을 수 있는 내용이 없다면 감동이 없다. 표현은 조금 어눌해도 내게 도움이 될 지식이 있는 책은 결국 사랑받는다. 책은 '내용은 깊되, 누구나 쉽게 이해할 수 있도록' 쓰는 것이 핵심이다. 깊이 있는 나만의 콘텐츠를 누구나 알 수 있도록 쉽게 쓰는 데 힘써야 한다.

나만의 차별화된 자료를 어떻게 모을 것인지 대부분 사람들이 걱정하지만, 경쟁 도서를 읽으며 시작하자. 경쟁 도서의 글을 읽으면서 내가 하고 싶은 말이 정해지기도 한다. 책을 쭉 읽으면 중요한 부분과 그렇지 않은 부분이 눈에 들어온다.

콘텐츠의 자료가 너무 방대하여 부담을 느낀다면 다큐멘터리를 보며 도움을 얻을 수 있다. 다큐멘터리는 하나의 내용을 넓게 전달하는 것이 특징이므로 일반적인 내용을 쉽게 이해할 수 있다. 다큐멘터리 한 편을 보면서 콘텐츠의 전체적인 구성을 참고할 수 있다. 필요한 부분이 나오면 반복적으로 보면서 중간에 멈추고 타이핑할 수 있다. 나중에 출처 표시를 해야 하므로 다큐멘터리 제목은 기억해두는 것이 좋다.

그리고 인터넷 정보를 활용한다. 요즘 검색은 무조건 구글로 하고 있다. 필요한 정보를 얻기 위해서는 미국 구글에서도 검색을 해봐야 한다. 세계적으로 양질의 자료는 대부분 영어로 되어 있다. 영어 실력이 부족하더라도 겁낼 필요가.없다. 번역기의 도움을 얻어 내용을 파악할 수 있다.

독자를 위한 콘텐츠는 영감만으로 뚝딱 만들 수 있는 것이 아니다. 화려한 글쓰기 실력만으로 쓸 수 있는 것이 아니다. 마치 벽돌을 하나하나 쌓아 올려 집을 짓는 일과 유사하다. 독자라는 최종 목표점을 향해 달려가야 한다.

책쓰기는 독자를 만족시킬 수 있는 콘텐츠를 만드는 것이다. 그러니 무턱대고 글을 쓰면 안 된다. 준비 기간은 최소 한 달에서 석 달 정도, 하루 3시간 투자한다. 그리고 콘텐츠를 제작하는 마음으로 글을 써나가야 한다. 처음에 글부터 쓰지 말고, 다음의 아홉 가지 질문에 답할 수 있어야 한다.

- 타깃독자: 이 책을 읽을 독자는 누구인가?
- 경쟁 도서: 경쟁 도서의 장단점은 무엇인가?
- 셀링포인트: 독자가 내 책을 구매해야 할 이유는 무엇인가?
- 타이밍: 지금 내 책이 팔릴 타이밍인가?
- 시대 흐름 및 트렌드: 지금 내 책이 베스트셀러가 될 수 있는 시대인가?
- 나의 장점: 경쟁 도서를 이길 수 있는 나만의 차별화 요소가 있는가?
- 자료 수집: 자료 수집에 어느 정도의 시간을 투자할 것인가?
- 다른 저자와의 경쟁: 저자로서 내가 이길 수 있는 근거는 무엇인가?
- 몰입과 절실함: 내가 이 책을 완결 지어야 하는 이유는 무엇인가?

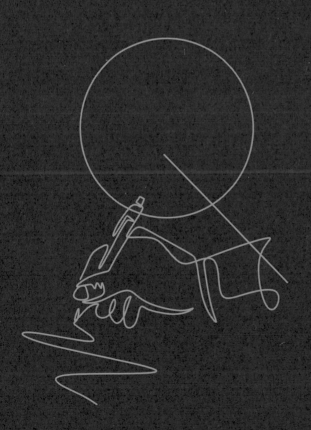

5부

출판사와 친구 되는 법

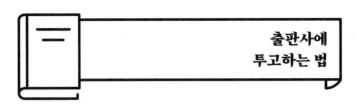

출판사에
투고하는 법

이제 출판사에 투고하는 법을 알아보자. 투고의 가장 좋은 방법은 원고를 다 쓰고 하는 것이다. 완성해서 투고하면, 출판사에서도 원고의 방향을 완벽히 이해할 수 있다. 그리고 계약 후 출판 시기를 앞당길 수 있다. 원고를 다듬더라도 최적의 타이밍에 책을 낼 수 있다. 일부 원고를 출판사에 투고해도 콘셉트가 좋으면, 출판 가능성이 있다. 20퍼센트 정도 원고로도 필력을 검증할 수 있다. 실제로 이렇게 출판 계약된 사례가 많다. 나의 수강생 중에도 있다.

그럼에도 왜 100퍼센트 써서 투고하는 것이 좋을까. 20퍼센트로 출판 계약이 되었다고 해보자. 그때 가장 큰 문제는 나머지 원고의 완성이다. 완성된 나머지 원고를 보고 출판 계약이 파기될 수도 있다. 원고를 다 써서 출판사에 보내주었는데, "이건 우리가 생각했던 원고가 아닌데요. 죄송하지만 다시 써주세요"라는 말을 들을 수 있다.

이런 사례들이 생각보다 많다. 다시 쓴다고 출판사에서 오케이한다는 보장이 없다. 원고를 한 번 쓰는 데 걸리는 기간이 3~4개월이기 때문에 몇 차례 고쳐 쓰면 1년이 금방 지나간다. 언제 출판된다는 보장 없이 위험 부담이 커진다.

투고는 이메일로, 최소한 300곳(출판사 이메일 주소로 보내면 되기 때문에 20분 내에 모두 투고가 가능하다) 출판사에 하는 것이 좋다. 현재 대한민국에서 매월 한 권 이상의 책을 내는 출판사는 약 300~400곳이다. 출판사 이메일은 책 뒷면이나 앞면의 판권 페이지에 있다. 다음 사이트에서 출판사 이메일 주소를 확보할 수 있다.

- 출판유통진흥원 www.booktrade.or.kr
- 한국출판인회의 www.kopus.org
- 대한출판문화협회 www.kpa21.or.kr
- 서지정보유통지원시스템 www.seoji.nl.go.kr

투고를 많이 해야 한다고 하니 해당 분야를 중점적으로 내는 출판사에만 투고하면 되지 않느냐고 질문하는 수강생이 있었다. 나는 대답했다. "해당 분야의 출판사에서 선생님의 책을 출판한다는 보장이 없습니다. 종합 출판사 혹은 다른 분야의 책을 내는 출판사에서도 선생님의 원고를 좋게 볼 수 있습니다. 투고는 모두 해보는 것이 좋습니다. 그리고 기다려보세요."

우리 수강생 중에도 운동 관련 원고를 써서 경제·경영 전문 출판사에서 책을 낸 분이 있다. 출판사는 내가 선택할 수 있는 것이 아니다. 출판사에서 출판을 결정할 때는 책의 판매 부수를 예상하며 검토한다. 자신들의 기준과 원칙에 부합해야만 책을 출판한다.

투고 이메일을 쓸 때 주의할 점이 있다. 한꺼번에 이메일로 투고하되, 모든 출판사에 이메일을 보낸 것처럼 보이면 안 된다. 자신의 출판사에만 투고한 것으로 보여야 한다. '개인별' 체크 후 메일을 보내는 것은, 출판사에 대한 최소한의 예의다. 경우에 따라 대형 출판사에는 직접 전화를 해서 어떤 콘셉트로 투고했다고 알리는 것도 좋다.

출판사가 원고의 출판을 긍정적으로 생각하면 대략 일주일에서 보름 사이에 전화 연락을 한다. 작은 출판사의 경우 의사 결정 속도가 빠르다. 길어도 일주일이 넘지 않는다. 반면 대형 출판사는 일반적으로 의사 결정 속도가 느릴 수 있다. 출판 타이틀 및 시기를 분기별로 미리 정하기 때문에 최종 결정까지 고심에 고심을 거듭한다. 대형 출판사에 투고를 하면 한 달 정도 기다려보는 것이 좋다.

출판사가 원고를 긍정적으로 생각하면, 최대한 빨리 미팅을 추진한다. 출판사 분들을 만나 출판에 대한 이야기와 다양한 조언을 듣는 것도 큰 공부가 된다. 작가는 기본적으로 자기 생각이 강한 존재고 자기 글이 최고라고 생각하는 경향이 있으므로 출판 담당자들을 만날 때는 배운다는 자세로 만나자. 그래야 배우고 성장한다. 좋은 작가는 좋은 편집자가 만든다. 편집자를 통해 작가는 발전할 수 있다.

출판사 편집자는 저자와 원고에 대한 심도 있는 대화를 나눈 후 계약을 결정한다. 이때 네 가지 포인트에 대해 집중적으로 의견을 나눈다. 인세와 계약금, 출판 시기, 편집 과정의 특이 사항, 마케팅의 진행에 관한 것이다.

먼저, 인세와 계약금이다. 인세는 일반적으로 보통 7~10퍼센트를 받는다. 계약금은 인세를 먼저 받는 것으로 선인세라고도 한다. 초보 작가의 경우 계약금은 보통 100만 원을 받는다. 과거에는 초판 3,000부 인쇄가 일반적이었으나, 요즘은 출판 시장의 축소로 부수를 조정하기도 한다. 그러나 출판사가 집중하는 타이틀의 경우 초판 3,000부 이상을 찍는 경우도 있다.

　두 번째, 출판 시기다. 출판 계약 후 언제 책이 나오느냐는 초보 작가일수록 민감하게 느끼는 문제다. 출판사들도 일정이 잡혀 있기 때문에 일반적으로 계약 후 2~3개월 안에 출판하면 매우 좋은 조건이다. 저자 입장에서는 최상의 시나리오라고 할 수 있다. 계약하고 1년 정도 후에 출판 가능하다는 출판사도 있는데, 그때는 계약을 좀 더 신중하게 생각해봐야 한다. 너무 많은 시간을 지체하면 저자 입장에서도 좋지 않다.

　세 번째, 편집에 관한 논의다. 글을 쓴 사람은 자신의 글을 객관적으로 바라보기 쉽지 않다. 편집은 출판사 편집자의 몫이다. 원고를 적극적으로 편집하면 더 좋은 원고로 다듬어진다. 편집자는 더욱 정교하게 콘셉트를 부각하기 위해 목차 순서의 재배열 등 전체적인 틀을 잡는다. 세부적으로 글을 다듬으면 훨씬 글이 좋아진다. 그리고 1교, 2교, 3교까지의 교정·교열을 거쳐 저자 교정을 진행하게 된다.

　네 번째, 마케팅이다. 출판사에서 어느 정도로 마케팅을 해줄 수 있느냐고 질문하는 것은 한편으로는 실례이기도 하다. 구체적인 마케팅 방안을 듣지 못해도 출판사의 의지를 확인하면 된다. 출판 계약을 할 때 가장 중요한 포인트는 결국 '출판사의 의지'다. 내 원고에 대한 의지가 얼마나 있느냐, 얼마나 내 원고에 애정을 갖고 있느냐는 결국 출판사 사장 및 편집자의 태도에서 고스란히 드러난다. 무엇보다도 그들의 눈빛을 보아야 한다. 눈빛이 활활 타오르고 있다면 빛의 속도로 계약을 해야 한다. 눈에 힘이 없고 초점이 흐려져 있다면 즉시 도망가야 한다. 사람은 태도로 성공하는 것이다. 해내고야 만다는 기백이 느껴지는 출판사와 계약을 해야 한다.

출판사의
출판 결정 기준

출판사에서 원고를 선택하는 기준은 무엇일까? 출판사마다 색깔과 지향점이 있으므로 한마디로 정의하기 어렵다. 출판사가 지향하는 철학과 가치에 따라 원고를 보는 눈이 모두 다르다. 같은 출판사라고 해도 담당 편집자마다 원고를 판단하는 포인트가 당연히 다르다. 예를 들어, 독서에 관해 투고했을 때 어떤 출판사는 계약하자 하고, 어떤 출판사는 거절한다. 막상 계약을 하니 A 출판사는 원고를 조금 고친 다음에 출판을 하자고 말한다. B 출판사는 좋은 글이나, 콘셉트를 약간 바꿔 원고를 다시 쓰자고 한다. 원고를 보는 눈이 모두 다르니 원고가 선택되는 기준에 대해서 한마디로 말할 수는 없다. 출판 계약이 성사되는 원고의 공통분모는 있다.

첫 번째, 메시지 전달력이 좋다.

두 번째, 쉽게 쓰였다.

세 번째, 타깃독자군이 분명하다.

네 번째, 콘텐츠가 좋다.

다섯 번째, 저자의 개성이 느껴지는 차별화된 원고다.

여섯 번째, 원고 자체로 저자의 마케팅 파워가 있다.

일곱 번째, 시대 흐름을 반영하고 있다.

여덟 번째, 독자에게 확실한 도움을 제공한다.

원고는 메시지 전달력이 일단 좋아야 한다. 읽고 바로 이해가 되어야 한다. 이해되지 않는 원고는 저자의 일기장에 불과하다. 책을 쓸 때는 언제나 이 말을 명심해야 한다.

"내가 읽으면 일기장이고, 남들이 읽으면 책이다."

내가 책쓰기 특강 때마다 하는 말이다. 이 말을 기억하면서 책을 써야 한다. 타깃독자군의 특징을 정확히 잡아낸 원고는 강력한 경쟁력이 있다. 스펙이 없는 저자가 베스트셀러 작가가 되는 것도 콘텐츠가 파워가 있기 때문이다.

요즘에는 글 쓰는 사람도 마케팅해야 하는 시대다. 홍보력 있는 저자가 대접받는 건 당연하다. 저자 스스로가 팔 수 있는 조건을 갖추고 있다면 금상첨화지만, 처음 책을 내는 저자에게는 출판사가 마케팅 비용을 투자하는 것이 부담일 수 있다. 그렇다면 초보 저자는 원고 자체로 마케팅력을 발휘할 수 있어야 한다.

출판 계약에 성공하는 원고는 이러한 공통점을 가지고 있다. 이들 요소 중 최소한 세 가지 이상은 해당해야 계약이 성사된다. 그렇다면 좋은 출판사의 조건은 무엇일까?

첫 번째, 대표가 출판 철학이 있다.

두 번째, 독자가 원하는 지점을 잡아 기획력과 편집력을 발휘한다.

세 번째, 참신한 마케팅 아이디어를 제시한다.

네 번째, 기본적으로 인세가 밀리지 않는다.

다섯 번째, 첫 책을 낸 저자와 계속 책을 쓰려는 의지가 있다.

우선, 출판사 대표의 철학이 매우 중요하다. 출판 도서를 보면 책에 대해 얼마나 뜨겁고 일관된 신념을 가지고 있는지 알수 있다. 지금까지 출간한 책들을 살펴보면 대표자의 관심사와 철학을 엿볼 수 있다. 대표자의 생각은 출간 도서 리스트와 편집 스타일에도 영향을 미칠 수밖에 없다. 그러나 경험상 책의 모양, 편집의 완성도는 사실 출판사 대표보다는 편집자에 따라 달라진다. 출판사의 실력 있는 편집자를 만나면 더욱 강력한 책이 될 수 있다.

그리고 자신의 책이 어느 규모의 출판사와 맞을지도 고민해야 한다. 무조건 큰 출판사에서 내는 것이 좋은 것은 아니다. 일반적으로 매출 기준 상위권에 있는 대형 출판사들의 책이 베스트셀러에 오르는 경우가 많다. 그러나 최근에는 소형 출판사들이 기획력을 발휘하여 베스트셀러에 오르는 추세다. 일반적으로 대형 출판사와 계약을 하는 것이 좋다고 하지만, 최근에는 매력 있는 책을 내는 중소형 출판사가 많다. 대형 출판사라고 해서 베스트셀러 제조사가 아니다. 출판은 변수가 많고, 출판사 대표의 의지에 따라서 중소형 출판사라 하더라도 얼마든지 베스트셀러를 만들 수 있기 때문에 최종적으로 나와 궁합이 잘 맞는 출판사를 선택해야 한다.

출판사 규모보다는 원고를 바라보는 방향, 편집 방향에 대한 생각을 더 고려해야 한다. 원고에 대한 밀도 높은 고민을 해야 좋은 판매로 이어진다는 것은 진리다. 대형 출판사는 상대적으로 출판 시기가 늦을 수 있고, 중소형 출판사는 그 시기가 빠를 수 있다. 그 점이 또 중소형 출판사의 장점이라 할 수 있다.

출판사 입장에서는 저자 자체가 마케팅 채널을 보유하고 있는지 살피겠지만, 저자도 출판사의 마케팅 능력을 따질 수밖에 없다. 판매를 잘해보려는 의지가 있는 출판사를 선택해야 한다. 책을 잘 팔기 위해서는 저자와 출판사가 함께 노력해야 한다. 출판사에서 책을 팔려는 의지가 있어야 책은 죽지 않고 생명력을 갖는다.

아무리 대형 출판사라 하더라도 80 대 20 법칙에 지배받을 수밖에 없다. 책 100권을 출판했으면 모두가 고르게 1만 부씩 판매되는 것이 아니라, 전체 책 중의 20권이 전체 판매량의 80퍼센트를 차지하는 것이다. 광고와 마케팅도 차별적으로 할 수밖에 없고, 처음 쓰는 내 책에 그렇게 신경을 많이 못 써줄 수도 있다.

다음으로 민감한 인세 문제. 인세가 밀리거나 명확히 정산하지 않는 출판사도 있다. 인세를 확실하게 정산하는 출판사가 좋은 출판사다. 그리고 첫 책을 낸 저자와 다음 책까지도 낼 의지가 있는 출판사에 신뢰감이 생긴다.

마지막으로, 글을 쓰는 이는 우선 좋은 원고를 써야 한다. 그러면 좋은 출판사를 만날 수 있다. 최선을 다해 글을 쓰고, 좋은 인연을 만나 좋은 결과를 낼 수 있기를 응원한다.

책 출간 방식에 대한
두 가지 고민

출판사에 투고 후 3주 정도가 지나도 기쁜 소식이 들려오지 않으면 새로운 고민을 해야 할 시점이다. 출판사가 내 책을 내주지 않으면 내 힘으로 출간하는 방법도 있다. 용어는 익숙하지 않겠지만, 기획출판하지 않고 자비출판하는 방법이다. 기획출판과 자비출판은 출판 비용을 누가 내느냐의 문제다. 기획출판은 투고를 하면 출판사에서 출판 비용 전액을 부담하고, 인세와 계약금을 준다. 마케팅비 전액을 출판사에서 부담한다. 출판에 들어가는 모든 비용을 출판사에서 부담하여 출간한다. 원고가 상품적 가치가 있기 때문에 출판사에서 투자하는 것이다.

최우선적으로 고려해야 할 것은 기획출판이다. 자비출판은 대체로 기획출판에 실패했을 때 자신의 돈으로 출판하는 것이다. 1,000부 기준으로 1,000만 원 정도의 비용이 소요된다. 자비출판의 경우에는 마케팅비를 지출하는 데 한계가 있다.

어떤 책의 형태로 출간할 것인지도 고민해봐야 한다. 종이책과 전자책은 매체의 차이다. 종이책과 e북 형태의 전자책 중 아직까지는 종이책이 대세인 것은 분명하다. 종이책 판매량이 훨씬 더 높지만, 전자책 시장도 가능성 있는 시장이라고 할 수 있다. 종이책보다는 전자책 출판이 쉬운 편이다. 전자책은 종이책보다 제작비가 훨씬 적게 들기 때문에 저자 입장에서도 부담이 없다.

전자책을 먼저 내고 종이책을 출판하는 것도 하나의 전략이 될 수 있다. 내 책『나이 서른에 책 3,000권을 읽어봤더니』도 전자책을 먼저 냈다. 전자책 에세이 부문 베스트셀러 1위(2014년, 아이웰콘텐츠), 종합 베스트셀러 5위를 차지한 후 종이책을 출판했다. 종이책 인세는 7~10퍼센트이지만, 전자책은 인세가 조금 더 높다. 대개 20~30퍼센트 선이지만, 많이 받으면 50퍼센트까지도 가능하다.

기획출판과 자비출판, 전자책과 종이책은 각각 일장일단이 있다. 지금 당장 종이책으로 출간할 수 없더라도 기회는 있으니 책 출간 방식에 대해 현실적으로 고민해볼 필요가 있다.

책쓰기는 거인의 어깨 위에 올라와서 하는 것이다. 즉, 수많은 선인들의 지식과 지혜를 바탕으로 책을 쓰는 것이다. 그들의 눈물, 공부, 지식, 지혜로 책을 쓰는 것이다. 그 모든 것을 융합해서 나만의 콘텐츠를 만들어내는 것이 책쓰기다.

나는 책쓰기 강의를 하면서 그동안 많은 사람을 만났다. 대학교수님들과 박사님들 지도를 많이 했다. 그분들이 이구동성으로 하는 말씀이 박사 학위 논문 쓰는 것과 책쓰기의 방식이 같다는 것이었다. 자료 수집을 바탕으로 목차를 잡고, 목차를 토대로 단번에 쓰도록 지도하는 글쓰기 방식이 대학교수가 박사 과정 학생을 지도하는 방식과 비슷하다고 하셨다.

KBS, 아리랑TV 등 방송국의 PD님들께 책쓰기 특강과 일대일 코칭을 해드린 적이 있다. 또 강의를 듣고 그들이 이구동성으로 하는 말씀도 다큐멘터리 만드는 과정과 책 쓰는 과정이 무서울 정도로 같아 놀랐다는 것이었다. 수많은 자료를 토대로 해서 하나의 작품을 만들어내는 것이 다큐멘터리 제작의 본질이라고 하셨다. 나도 그 말을 듣고 놀랐다. 모든 길은 하나로 통한다는 생각이 들었다.

책쓰기의 본질인 자료를 활용하다 보면 표절의 위험에 노출될 수 있다. 적절한 분량의 인용은 내 말의 신뢰성을 높여주고 권위를 부여해준다. 그러나 자기도 모르는 사이에 표절을 할 수도 있다. 기억하고 있는 어떤 유사한 문장 표현을 쓸 수도 있기 때문이다.

그렇다면 어떻게 표절의 위험을 뛰어넘을 수 있을까? 같은 표현을 그대로 쓰면 표절임을 명심하자. 그러나 다른 책의 문장 출처를 밝히고 내 책의 자료로 활용할 수 있다. 인용할 경우 '출처 표시(저자명, 책 제목, 출판사명)'는 반드시 해야 하고, 별도로 저작권 사용료를 지급할 수 있다. 이 부분은 편집 진행 과정에서 출판사 편집자의 도움을 받을 수 있다. 짧은 문장이라도 인용하려면 해당 출판사에 동의를 구하고 진행하는 것이 가장 안전하다.

참고로 일률적 기준은 없으나, 대학 논문의 표절을 판단할 때는 한 문장에서 여섯 단어가 연속적으로 일치할 때 표절로 본다. 신문 기사를 인용할 경우, 문장을 삭제하거나 변형하지 않고 그대로 써야 하는 경우도 있다.

다시 한번 강조하지만, 너무 많은 양의 인용을 하면 안 된다. 인용한 양이 너무 많을 경우 출처 표시를 해주어도 문제가 된다. 또한 각 출판사와 신문사마다 다른 기준을 갖고 있으니, 저작권 사용에 대해 해당 회사에 문의하여 허락을 받고, 필요 시 비용을 지불해야 한다. 사진과 그림은 출처 표시를 해주어도 단순히 인용으로 처리되지 않는다. 일부 저작권 없는 이미지도 있으나, 대부분은 반드시 구입해야 한다.

저작권에 관해서는 출판사와 좀 더 자세히 이야기를 나눈 후 세심하게 진행해야 한다. 꼼꼼하게 확인하고 돌다리도 두드리면서 가야 한다. 책이 세상에 나오기까지.

악마 같은 편집자가
좋은 책을 만든다

원고가 책으로 나오기까지 가장 중요한 파트너는 편집자다. 우선 하고 싶은 말은 편집자를 최대한 존중하라는 것이다. 악마 같은 편집자가 독자 입장에서 좋은 책을 만든다.

『그럼에도 작가로 살겠다면』이라는 책에서 윌리엄 슬론은 이렇게 말한다.

"책에 관한 한 편집자는 전문가다. 편집자의 전문성은 예상 독자층과 작가가 쓰려는 글 사이에서 충분히 일반적이고 보편적인 것을 찾아내는 데 있다. 편집자가 작업할 때 사용하는 도구는 자기 자신이다. 작가가 편집자의 마음을 움직이지 못하면, 독자의 마음 역시 움직이지 못한다."

좋은 편집자를 만나는 건 분명 행운이다. 나도 지금까지 많은 편집자들을 만나며 책을 출간했다. 편집자를 이해하기 위해서는 우선 편집이라는 과정에 대해 짚고 넘어가야 할 질문이 있다. 다음 아홉 가지 질문에 대한 답을 구하면 편집에 대한 개념이 잡힐 것이다.

첫 번째, 편집의 과정은 반드시 필요한가?

두 번째, 편집자의 의견은 절대적으로 신뢰할 만한가?

세 번째, 편집자의 생각 중 받아들일 부분은 무엇인가?

네 번째, 편집자의 생각 중 받아들이면 안 되는 부분은 무엇인가?

다섯 번째, 편집자와의 소통을 어떻게 할 것인가?

여섯 번째, 편집 기간은 어느 정도로 잡으면 좋은가?

일곱 번째, 원고 수정은 어느 정도가 적당한가?

여덟 번째, 편집자가 책의 콘셉트를 정확히 이해하고 있는가?

아홉 번째, 좋은 편집자란 어떻게 일하는 사람인가?

손을 대면 댈수록 좋아지는 것이 원고다. 특히 자신이 쓴 원고는 스스로 못 고치기 때문에 편집자가 필요하다. 자기가 쓴 글은 고칠 게 없어 보인다. 글을 다듬고 콘셉트를 부각하기 위해서는 편집자의 과감한 손길이 필요하다. 수정을 통해서 거의 대부분의 원고는 좋아지지만, 글을 쓴 사람 입장에서는 수

정한 원고를 보고 다소 짜증이 날 수도 있다. 원고를 고치지 않으면 안 되느냐고 묻는 분들이 있다. 원고 수정을 거의 하지 않는 출판사는 솔직히 성의가 없고, 최소한을 하지 않는 출판사라고 할 수 있다. 원고는 반드시 편집자의 손을 거쳐야 한다. 세계 최고의 작가가 쓴 원고라도 손을 보아야 한다.

어떤 측면에서 보면 세계 최고의 작가는 편집자에 의해 만들어진다. 영화 「지니어스」에서는 최고의 편집자 맥스 퍼킨스와 천재 작가 토머스 울프가 나온다. 맥스 퍼킨스는 어니스트 헤밍웨이의 『무기여 잘 있거라』와 『노인과 바다』, 스콧 피츠제럴드의 『위대한 개츠비』를 편집한 인물이다. 그는 뉴욕 어떤 출판사에서도 인정받지 못한 무명작가 '토머스 울프'의 천재성을 발견한다. 천재가 천재를 알아본 순간이었다.

퍼킨스는 울프의 초고를 보며 300페이지를 덜어내자고 한다. 분량보다 이야기의 흐름이 중요하기 때문이라고 한다. 울프는 심장이 찢겨나가는 기분이다. 결국 울프의 감성과 퍼킨스의 냉철함이 더해져 울프의 첫 책 『천사여, 고향을 보라』가 출판되었다. 출간 즉시 베스트셀러가 되었다. 두 번째 작품 역시 이 둘은 쉼 없이 토론하며 작업을 해나간다. 울프는 말한다. "사랑해, 맥스 퍼킨스." 물론 그들 사이에 평온함만 있었던 것은 결코 아니다. 원고에 대한 쓴 충고도 많았다. 이처럼 편집자는 원고를 객관적으로 보고, 독자들이 더 사랑할 수 있도록 이끌어주는 존재다.

좋은 편집자를 만나는 건 행운이다. 계속해서 그 편집자와 함께 작업을 할 수 있다면 저자로서 행운이다. 편집자와 대화를 많이 나누고 조언을 듣는 것은 이번 책뿐만 아니라 다음 책을 잘 만들 수 있는 힘으로 작용한다. 편집자는 원고를 다각도에서 입체적으로 볼 수 있는 힘을 가지고 있다. 편집자의 이야기를 잘 들으면 반드시 도움이 될 것이다. 좋은 편집자는 저자에 대한 애정을 가지고 원고에 대한 조언을 계속해준다. 나도 초기에 책을 쓸 때 편집자분들을 자주 만나 책쓰기에 대한 다양한 이야기를 나누었다. 모두 피가 되고 살이 되는 말이었다.

편집 기간은 출판사마다 상이하겠지만, 짧으면 2~3개월, 길면 1년 정도의 시간이 걸릴 수 있다. 저자 입장에서는 너무 오랜 시간이 걸리지 않는 것이 좋다. 저자는 빨리 자신의 책이 세상에 나오기만을 기다린다. 그러나 원고 수정이 길어져 출판 시기가 늦어진다고 너무 걱정하지 마라.

편집의 적당한 선은 없다. 다만 편집자가 너무 많이 고치면 작가도 부담이 따른다. 어떤 경우에는 원고 전체를 수정할 수도 있고, 목차 순서가 바뀌거나 문단 배치가 달라질 수도 있다. 편집자와 대화를 나누며 원고의 콘셉트에 대한 이해를 서로가 정확히 해야 한다. 그래야 편집에서 잘못된 수정이 이루어지지 않는다. 충분한 대화를 통해서 편집 방향에 대해 합의를 하는 것이 좋다. 편집자와 소통할 때는 직접 만나는 것이 가장 좋으나 편집자도 바쁘기 때문에 전화나 메일을 사용하는 것을 권한다.

좋은 편집자는 기본적으로 내 원고에 애정을 갖고 콘셉트와 편집 방향에 대해 명확히 설명을 해줄 수 있다. 저자와의 많은 피드백을 불편해하지 않는 편집자다. 또한 독자의 요구 지점에 대해 민감하고, 인간에 대한 이해와 감각이 발달해 있는 편집자다.

그러므로 작가는 편집자를 기본적으로 존중해야 한다. 책은 편집자와 함께 만들어내는 합작품이다. 그는 작가 이상으로 중요한 존재다. 한 권의 책은 편집자와 함께 노력한 결과다.

투고를 하고 출판 계약 제안이 오지 않을 수도 있다. 나 또한 처음 책을 쓸 때 주위에서 가장 많이 들은 말이 "네가 쓴 원고를 누가 출판해주냐?"였다. 책쓰기를 하면서 매우 힘든 일 중 하나는 '출판이 보장되지 않는 미래'였다. 출판을 누가 해줄 것이냐는 말을 들었을 때 힘들었다.

그런데 나를 둘러싼 거의 모든 사람들이 그런 말을 했기 때문에 점점 익숙해졌다. 친척 중에 소설가 지망생이 있어서 물어보니 출판은 너무나 어려운 길이니 가지 말라는 충고도 들었다. 주위 친척들 걱정도 이만저만이 아니었다. 젊음을 낭비하지 말라는 것이었다.

지금은 누구도 나에게 그런 말을 하지 않는다. 『영어회화

100일의 기적』의 저자 문성현 작가님이 책쓰기에 대해 궁금한 점이 있어서 전화를 하신 적이 있다. 모 출판사와 원고 작업을 하고 있는데 궁금한 것이 있어 연락을 하신 것이다. 지금은 수십만 부 책을 판매한 선생님들도 내게 책쓰기에 대한 고민을 나누시지만, 13년 전에는 달랐다.

소설가 정유정 작가가 쓴『정유정, 이야기를 이야기하다』를 보면 처음으로 심사위원에게 소설 평가를 들었던 이야기가 나온다. 처음 공모전에 도전했을 때 자신만만했는데, 예선 통과조차 못 하리라고는 몰랐다고 한다. 그러나 심사위원에게 "이 작자는 기지도 못하면서 날려 든다"는 평가를 듣고는 글쓰기의 처음으로 돌아갔다. 문법부터 다시 공부했다.

현재 한국을 대표하는 소설가 중 한 명인 정유정 작가 역시도 힘든 시절이 있었던 것이다. 그녀 역시 출판이 보장되지 않는 미래 앞에서 고민했다.

좋은 책을 쓰고도 출판이 안 된 사례도 많다.『바보들의 결탁』을 쓴 존 케네디 툴은 32세에 이 작품을 썼지만 단 한 곳에서도 출판 계약 제안을 받지 못했다. 결국 그는 자살을 선택한다. 11년이 지난 후, 어머니가 투고를 해 결국 이 작품은 미국에서 최고의 권위가 있는 문학상인 퓰리처상을 수상한다.

한강이 쓴『채식주의자』역시 출판된 지 10년이 훌쩍 넘어서야 맨부커 인터내셔널상을 수상했다. 『88만원 세대』를 집필하여 한국 최고의 재야 경제학자로 부상한 우석훈 작가 역시 다 써놓고도 책으로 출판하지 못한 원고가 있다고 자신의 책 『문화로 먹고살기』에서 고백한다.

나는 그 심정을 잘 안다. 출판사에 투고를 하고 연락이 오지 않을 때의 그 막막함, 초조함, 괴로움. 나도 무려 2년이 넘는 시간 동안 준비해서 쓴 원고가 있다. 바로 『일자리 전쟁』이다. 나는 그때 출판을 잘 몰랐다. 전 세계적으로 경제가 어려우니 경제 문제에 대한 대안을 제시하여 경기 불황을 해결해보자는 용감한 생각에서 책을 쓴 것이었다. 엄청난 준비를 했다. 공부하는 심정으로 자료를 모으며 준비했다. 당시 대우증권 리서치센터장이었던 홍성국 대우증권 전무님에게 원고를 보냈더니 칭찬과 격려를 해주셨다. 용기를 얻어 마침내 투고를 했다. 출판사에서 출판 계약 제안이 왔다. 그러나 이런저런 이유로 출판 계약이 파기되고 우여곡절을 겪으며 청년정신에서 책이 나왔다.

나는 당시 부키에서 책을 내고픈 마음이 있어, 부키의 정희용 부장님(현 도서출판 바틀비 대표님)을 직접 만났다. 무작정 출판사로 찾아간 것이다. 이야기를 나누었는데 핵심은 이러했다. "원고는 너무 좋다. 그러나 현직 대학교수가 아니기 때문에 책을 못 내준다. 박사 학위도 없고 팬도 없는데 책을 내줄 수는 없다."

당연히 힘이 쑥 빠졌다. 그 이후 많은 출판사 대표님 및 편집장님을 직접 만나 어떻게 하면 좋은 책을 쓸 수 있을지에 대한 조언을 들었다. 하나같이 도움이 되는 이야기를 해주셨다. 그것을 받아 적으며 내 지식으로 만들고자 했다. 그 후 다양한 글쓰기 실험을 해왔다.

김진성 호이테북스 대표님을 만난 적이 있다. 김진성 대표님은 위즈덤하우스에서 대표를 지내셨다. 리더스북 대표를 지낸 이홍 선생님도 뵌 적이 있는데, 그중 두 분께 던진 질문을 기억한다. "출판사에 투고되는 원고 몇 개 중에서 출판 계약이 되나요?" 두 분의 말씀을 종합하면 출판사에 투고되는 800~1,000개 원고 중 1개가 출판된다는 것이었다. 즉, 기획출판 성공률은 약 0.1퍼센트다. 처음 쓴 원고가 계약이 안 되는 것은 어떻게 보면 당연할 수 있다. 성공하는 것이 오히려 기적일 수 있다. 진실은 그런 것이다.

책을 처음 쓸 때 대개의 작가들은 어깨에 힘이 많이 들어가 있다. 내가 쓰면 무조건 잘된다거나, 계약은 무조건 된다거나, 소박하게 1만 부(?)를 팔겠다거나 등등이다. 어깨에서 힘을 빼야 한다. 처음 책쓰기를 할 때는 그렇다. 겸손한 자세로 쓰고,

주위에 책쓰기 전문가가 있다면 조언을 구하는 것이 좋다.

출판 계약 성공률을 높이는 방법이 있을까? 있다. '내용이 좋은 책'을 쓰는 것이다. 계약이나 판매 부수를 생각하기 전에 오직 독자를 위해 좋은 내용의 책을 쓰면 계약 성공률이 높아진다고 자신 있게 말할 수 있다. 독자에게 확실한 도움을 줄 수 있는 책은 스테디셀러의 가능성이 있다.

책쓰기, 불확실한 미래이지만 오직 독자를 생각하며 써나가야 한다. 그렇게 하면 반드시 좋은 결과가 주어진다. 나도 처음 책을 쓸 때 어머니와 전한길 선생님을 제외하고는 모두 반대했다. 나는 나를 믿고 여기까지 왔다. 하니까 되더라, 라고 말하고 싶다. 하면 된다.

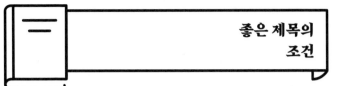

좋은 제목의 조건

제목과 표지는 책 판매를 위한 돈 안 드는 마케팅 방안이 되기도 한다. 잘 지은 제목은 판매를 이끄는 원동력이다. 좋은 제목이란 무엇인가? 일단 책 제목을 봤을 때 한눈에 책의 내용이 무슨 내용인지를 파악할 수 있어야 한다. 그리고 이 책을 읽으면 독자에게 어떤 점이 좋을지가 드러나야 한다. 즉, 독자를 유혹할 수 있는 제목이어야 한다.

제목을 정하는 일률적인 공식은 없다. 그러나 어떻게 하면 독자를 가장 잘 유혹할 수 있을지를 생각해봐야 한다. 내가 생각하는 좋은 제목의 조건을 소개하겠다.

첫 번째, 책의 제목을 보고 무슨 내용인지 알아야 한다. 0.1초 만에 알 수 있어야 한다. 독자들이 제목을 보고도 무슨 말인지 모르면 안 된다. 무슨 말인지 모른다는 것은 나에게 어떤 도움을 줄 수 있을지 연상하기가 어렵다는 말이다.

두 번째, 책을 사면 어떤 점이 좋을지 표현해야 한다. 독자들이 책을 사는 이유는 자신에게 도움이 되기 때문이다. 그 도움 되는 포인트를 잡아서 핵심 키워드가 드러나도록 해야 한다.

세 번째, 도움이 된다는 측면에서 다각도로 고민하라. 표지에서 유용한 실용 팁을 주거나 비밀스러운 정보를 알게 하는 것도 도움이 된다. 독자가 알지 못하면 손해를 본다는 식의 제목도 통할 수 있다. 도움이 된다는 관점하에서 다양한 형태의 메시지를 만들 수 있다.

네 번째, 독자들이 도움을 받을 키워드를 정한 후, 강력한 메시지로 접근하자. 독자들이 도움을 얻는데도 불구하고 선택을 하지 않는 것을 막아야 한다. 더 이상 물러설 곳이 없을 정도로 매력적인 제안을 해야만 구매까지 이어진다. 강력한 매력으로 무장한 메시지를 던져야 한다.

다섯 번째, 특별히 제목이 생각나지 않으면 콘셉트와 내용에서 제목을 도출한다. 결국 제목은 콘셉트다. 그리고 마케팅 소구점, 즉 독자들이 책을 구매해야 할 이유를 곁들이는 것이다. 콘셉트에서 제목을 잡도록 한다.

여섯 번째, 저자 이름이 브랜딩되어 있다면 이름을 반영한 제목도 괜찮다. 자기만의 브랜드를 내걸고 책을 낼 수 있을 정도라면 이름을 제목에 반영하는 것도 좋은 방법이다.

일곱 번째, 타깃독자를 드러내 책 제목을 만들 수도 있다. 누가 이 책을 읽어야 하는지를 정확히 보여주는 제목이 된다. 그렇게 하면 타깃독자들이 '아! 나를 위한 책이구나!'를 즉시 알 수 있다. 해당 독자는 책을 일단 한번 펼쳐보고, 목차와 내용이 괜찮으면 구매할 수 있다.

여덟 번째, 책의 제목은 시대정신을 반영해야 한다. 베스트셀러는 시대정신의 거울이므로, 제목에 어떻게 현재의 관심사를 나타낼지 고민해야 한다.

아홉 번째, 차별성을 반영한 제목도 좋다. 이 책이 다른 경쟁 도서와 차별성이 있다면, 그것을 과감히 드러내라.

열 번째, 누가 보더라도 파격적이거나 인상적이거나 눈에 띈다면 좋은 제목이다. 제목은 일단 눈에 띄어야 한다. 계속 뇌리에 남아 있어야 한다. 더 좋은 것은 사람들 사이에서 회자되는 것이다.

열한 번째, 인터넷 검색이 잘되는 키워드 중심의 제목이다. 요즘은 온라인 서점으로 책을 많이 구매한다. 제목에 넣고자 하는 키워드를 온라인 서점에서 검색해보고 관련 제목의 베스트셀러가 많으면 일단 인기 검색어라고 할 수 있다.

열두 번째, 감성적인 책인가 객관적인 정보를 다룬 책인가에 따라 제목의 톤을 정한다. 책의 정서를 반영해 제목을 잡는 것이다. 독자들은 책을 이미지로 받아들인다. 책에 흐르는 정서를 바탕으로 책의 제목을 정하는 것도 좋은 방법이다.

참고로 아래는 2000년부터 지금까지 베스트셀러 제목이다. 왜 그러한 제목을 적었는지 분석을 해보도록 하자. 종합 베스트셀러에는 성공한 제목의 비밀도 포함되어 있기 때문이다. 다음의 책들은 출판평론가 한기호 씨의 저서『베스트셀러 30년』을 토대로 작성했다.

○ 2000년 : 영어공부 절대로 하지마라!(정찬용)

영어 공부 절대로 하지 마라는 역설적 표현이다. 결론적으로 영어 공부는 해야 한다는 말이다. 그러나 '영어 공부 하지 마라'라고 표현함으로써 주목을 끄는 데 성공했다.

○ 2001년 : 누가 내 치즈를 옮겼을까?(스펜서 존슨)

단번에 내용을 파악할 수 있는 제목은 아니다. 상징적인 제목으로 변화에 대한 메시지를 담고 있다.

○ **2002년 : 화(틱낫한)**

임팩트 있는 한 글자로 화에 대해 이야기하고 있다는 것을 알 수 있다. 저자가 승려라는 점에서 '화를 다스리는 법, 마음을 평온하게 하는 법'의 내용이라고 예상할 수 있다.

○ **2003년 : 칭찬은 고래도 춤추게 한다(켄 블랜차드)**

칭찬은 고래도 춤추게 할 정도로 힘이 있다는 것을 표현했다.

○ **2004년 : 설득의 심리학(로버트 치알디니)**

'심리학과 접목하여 설득하는 법에 대해 다루고 있다'라는 것을 압축적인 키워드로 전달했다. 누구나 제목을 보고 설득하는 법을 심리학적으로 풀었음을 바로 파악할 수 있다.

○ **2005년 : 여자의 모든 인생은 20대에 결정된다(남인숙)**

'여자의 인생은 20대에 결정되니 중요하다. 그럼 이렇게 중요한 20대를 어떻게 보내야 할까? 걱정하지 마! 언니가 알려줄게!' 제목을 보면 이런 내용들이 떠오른다.

○ **2006년 : 끌리는 사람은 1%가 다르다(이민규)**

끌리는 사람은 1퍼센트가 다르다고 한다. 1퍼센트만 바꿔도 인생이 통째로 바뀔 수 있다는 것이다. 10퍼센트도 아니고 그저 1퍼센트니 사람들이 자극을 받는다.

○ 2007년 : 회사가 당신에게 알려주지 않는 50가지 비밀
(신시아 샤피로)

회사가 당신에게 알려주지 않는 비밀이 50가지나 된다고? 왠지 모르면 손해 볼 것 같다. 손해 보기 싫은 사람의 심리, 나만 모르는 건 아닌가 하는 심리를 자극했다.

○ 2008년 : 서른 살이 심리학에게 묻다(김혜남)

서른 살을 위한 심리학 처방전임을 제목만 봐도 알 수 있다. 타깃독자를 제목에 내세워, 심리학을 통해 삶의 해법을 줄 것임을 알 수 있다.

○ 2009년 : 365 매일 읽는 긍정의 한 줄(린다 피콘)

'365 매일'이라는 문구에서 하루를 긍정적으로 시작하기 위해 읽으면 좋은 책임을 알 수 있다. '한 줄'처럼 짧막한 글이라 부담 없이 읽을 수 있다.

○ 2010년 : 죽을 때 후회하는 스물다섯 가지(오츠 슈이치)

사람이 죽을 때 후회하는 25가지가 있다니 호기심이 생긴다. 죽음을 앞둔 사람은 진실해지니 그들의 가르침을 들으면 살아생전의 삶이 더 단단해질 것이다. 책의 메시지와 마케팅 소구점을 잘 표현하고 있다.

○ 2011년 : 아프니까 청춘이다(김난도)

높은 청년실업, 멈출 줄 모르는 불황의 현실에서 좌절하는 아픈 청춘이 너무 많다. '아프니까 청춘이다'는 타깃독자의 현상황에 대해 비유를 하면서 위로 메시지를 담고 있다.

○ 2012년 : 내가 알고 있는 걸 당신도 알게 된다면(칼 필레머)

내가 알고 있는 것을 당신도 알게 된다면 삶이 달라질 것이라고 말하고 있다. 내가 알고 있는 지혜를 당신도 알게 된다면 지혜로운 삶을 살 것이라는 의미다.

○ 2013년 : 적을 만들지 않는 대화법(샘 혼)

좁은 한국 사회에서 적을 만드는 것은 치명적이다. "적을 만들지 않는 대화법을 제시해줄게. 따라 해봐. 그럼 적이 생기지 않을 거야!"라고 말하는데 이 책을 사 보지 않을 수 있을까.

◦ 2014년 : 장하준의 경제학 강의(장하준)

장하준이라는 브랜드, 경제학 분야에서 믿을 수 있는 사람이 경제학 강의를 한다고 밝히고 있다. 교양경제학으로 상식을 쌓으려는 사람들을 타깃으로 한 제목이다.

◦ 2015년 : 미움받을 용기(기시미 이치로)

밖에 나가니 모두가 잘 사는 것처럼 보인다. 나만 되는 일이 없는 것 같다. 거의 모두가 나를 좋아하지 않는 것 같아 자존감이 바닥이다. 그런데 미움받을 용기가 필요하다고 하니 정신이 번쩍 든다.

◦ 2016년 : 완벽하지 않은 것들에 대한 사랑(혜민)

제목만 봐서는 책의 메시지가 금방 이해되지 않는다. 부제 '온전한 나를 위한 혜민 스님의 따뜻한 응원'을 보니 힐링 메시지를 전할 것임을 알 수 있다.

◦ 2017년 : 82년생 김지영(조남주)

타깃독자를 내세운 제목. 2019년 영화화되어 여전히 많은 독자들이 이 책을 집어 들었다.

○ **2018년 : 나는 나로 살기로 했다(김수현)**

부제인 '냉담한 현실에서 어른살이를 위한 to do list'를 보면 책의 내용이 그려진다. 냉담한 현실 속에서 고단한 하루하루를 보내는 어른을 위한 위로와 실천 팁이 들어 있음을 알 수 있다.

제목에 대한 최종 권한은 출판사에 있다. 저자는 다양한 제목 후보군을 제안하여 편집자와 의견을 나누되, 출판사의 결정을 존중하자. 출판사는 서점 현장의 목소리를 반영하려고 다각도의 노력을 한다. 제목을 정하는 것은 분석과 직관의 영역이다.

책을 다 쓰기 전에 고민해야 할 것들

앞으로 어떻게 책을 팔 것인가라는 고민은 글을 쓰면서부터 해야 한다. 저자 스스로 책을 팔 수 있는 다양한 노력을 구축해놓아야 한다. 글을 쓰면서 장기적인 마케팅 방안으로 SNS는 선택이 아닌 기본! 더욱이 책이 나온 후에도 가만히 있으면 안 된다.

지금은 SNS 필수의 시대다. 여러 채널이 있지만 대표적인 채널은 유튜브, 팟캐스트, 페이스북이다. 가장 좋은 활동은 강연을 하거나, 다른 매체에 칼럼을 쓰는 것이다. 요즘은 저자가 출판사에 의지하지 않고 강연 제안서를 만들어 각 단체에 모두 돌리기도 한다. 대표적으로 도서관, 백화점 문화센터, 구청, 시청, 대기업 교육팀, 정부 기관 등이 있다. 결국 세일즈 제안서를 만든다고 생각하고 나를 강사로 불러야 하는 이유에 대해 간단명료하게 작성해서 제안한다. 신문사에도 칼럼 연재 제안을 위해 직접 전화를 하고, 이메일을 쓴다.

책을 출판한 경험이 없지만 강연으로 억대 연봉을 버는 분들도 있다. 그런 분들은 강연 제안서를 굉장히 많이 돌린다. 한 번의 강연을 죽기 살기로 한다. 계속 강연할 수 있도록 애쓴다. 진행한 주최 측에서 다른 곳에 소개할 수 있도록 열정적으로 강의한다. 그렇게 강연을 이어간다. 그런 분들은 책을 쓰면 강연비가 더 올라가기 때문에 책을 쓰고 싶어 한다. 좋은 아이디어가 있으면 바로 구체적인 결과로 만드는 분들이다. 그런 분을 만나 몇 가지 강의 기획을 제안했더니 곧바로 강연회를 여는 모습을 보고 '역시' 싶었다.

글을 쓸 때도 이러한 추진력이 필요하다. 저자로서 이름을 알릴 수 있는 자리는 어디든 가야 한다. 본인을 알릴 수 있는 자리라면 무료라도 마다하지 않아야 한다. 처음 책을 쓴 사람에게 홍보의 기회는 특히 소중하다. 물론 본인이 잘하면 소개가 이어질 수 있다. 첫 기회를 마지막이라 생각하고 최선을 다해야 한다.

무엇보다 중요한 것은 글을 쓸 때부터 마케팅적인 마인드를 갖고 팔리는 메시지를 부각하며 글을 쓰는 것이다. 그리고 평소 틈틈이 SNS에서 자신의 채널을 통해 친숙한 저자의 이미지를 쌓아야 한다. SNS 관리도 하루하루 글을 쓰듯 정성이 필요한 과정이다. 글을 다 쓰고 고민하면 이미 늦었다. 우선 SNS를 왜 하는지 목표가 분명해야 한다. 단기적으로 생각할 일은 아니다. SNS는 1년에서 3년 정도 꾸준히 시간을 투자해야 빛을 발한다. 앞으로 본인의 삶에 지대한 영향을 미칠 것이므로 콘텐츠를 신중하게 담아야 한다. 즉, 방향성이 중요하다. 최종 목적지를 분명하게 그려야 한다.

두 번째, 데드라인과 목표가 필요하다. 언제까지 무언가를 이루겠다는 구체적이고 수치화한 목표를 세워야 한다. 가령, 유튜브를 한다면 1개월 동안 구독자 수 100명, 3개월 동안 500명, 6개월 동안 1,000명의 목표를 세운다. 일주일에 업로드 3개씩, 한 달에 최소 10개 이상이라고 목표를 세운다. 그리고 지킨다. 꾸준히 하되, 수치화한 결과를 측정해야 한다.

세 번째, 내가 누구인지를 분명히 알아야 한다. 나의 본질을 바탕으로 포지션을 잡고 나가야 한다. 나를 어떻게 포지셔닝할 것인가? 재미있는 사람, 똑똑한 사람, 특정 분야의 전문가 등 여러 방향에서 스스로를 바라볼 줄 알아야 한다. 내가 누구인지를 알고, 중심을 잡으며 흔들리지 않는 항해를 해야 한다. 그래야 사람들이 나에게 무엇을 얻고 싶은지를 정확히 예측

할 수 있다.

네 번째, 그렇게 포지셔닝을 한 후에는 일관되게 밀고 나가야 한다. 메시지와 소재의 일관성이 있어야 한다. 콘텐츠의 가치, 글의 표현, 뉘앙스까지도 일관성을 유지해야 한다. 확실한 포지션을 잡고, 흔들리지 않고 가야 한다.

마지막으로, 반드시 사람들의 반응이 일어나야 한다. 최소한 2주 단위로는 SNS 결과에 대한 분석표를 만들어서 반응을 객관적으로 진단해봐야 한다. 만약 반응이 없다면 문제점이 무엇인지 반드시 밝혀 개선해야 한다. 다시 2주 후에 체크를 하면서 계속 문제점을 해결해나가야 한다. 3개월 내에 어느 정도의 성과가 없다면, 전면적인 수정이 필요한 시점이다. 계속 시간 낭비를 하는 것밖에 안 되기 때문이다.

책을 쓰고 나서부터는 또 다른 라운드가 시작된다. 출간 후 활동도 갑자기 시작할 수 있는 영역이 아니므로 기획과 준비가 필요하다. 마케팅은 결국 직접 하는 것이라는 마인드가 저자의 필수 조건이 되는 시대다.

1. 주제 선정

책의 주제를 찾기 위해서는 내가 살아온 삶을 객관화하여 돌아보아야 한다. 나의 강력한 강점, 앞으로 내가 주력할 일에 대한 깊은 고민을 통해 나의 본질을 발견해야 한다. 나의 본질과 출판 시장의 교집합에서 책 주제를 발견해야 한다. 그러지 않으면 시장을 중심에 두고 주제를 정해야 한다. 동시에 타깃독자들이 무엇을 원하는지, 경쟁 도서의 판매 상황은 어떠한지 다각도로 살펴보면서 시대정신을 반영한 베스트셀러 경향, 출판 시장의 트렌드를 파악한다.

2. 자료 수집

주제를 정한 후에 자료 수집을 한다. 자료 수집은 경쟁 도서를 찾는 것부터 시작한다. 경쟁 도서는 주제·내용·저자의 유사성을 중심으로 찾으면 된다. 그리고 주제와 관련한 도서 외에도 다큐멘터리, 보고서, 신문, 인터넷 검색 등 다양한 방향에서 자료를 수집한다. 자료가 곧 책쓰기의 결과를 결정한다.

3. 콘셉트 도출

자료 수집을 하면서 내 책의 콘셉트를 확정해야 한다. 내 책의 특징과 마케팅 소구점을 함께 잡아야 한다. 타깃독자가 누구인지, 경쟁 도서를 어떻게 이길 수 있는지에 대한 전략을 명확히 정한다. 그리고 콘셉트가 나오면 책의 제목으로 표현해본다.

4. 목차 완성

콘셉트를 바탕으로 타깃독자들에게 확실한 도움을 줄 수 있는 메시지가 담긴 목차를 60~80개 만든다. 그 후 가장 센 목차 중심으로 40개를 확정한다. 중복된 목차는 빼고, 타깃독자들에게 큰 도움을 주지 못할 목차부터 지운다. 독자에게 가장 유용한 40개 목차를 확정한다.

5. 초고 작성

어니스트 헤밍웨이가 "모든 초고는 걸레다"라고 말한 것은 소설에 적용할 수 있다. 우리들이 쓰는 자료형 글쓰기, 논증형 글쓰기에는 그리 크게 작용하지 않는다. 퇴고는 반드시 필요하지만 초고의 수준도 높아야 한다. 초고를 조금만 고쳐도 출판할 수 있는 수준으로 써야 한다.

첫 문장을 쓸 때가 제일 어렵다. 총 40개 목차 중 초기 5~10개의 원고 쓰기가 힘들다. 10번째 고비를 넘기면 글 쓰는 감을 잡을 수 있다. 점차 안정적으로 글을 쓰게 되니 잠시 걱정은 내려놓도록.

6. 퇴고하기

글을 다 쓰고 나서 전체적으로 원고 수정을 해야 한다. 화면으로만 읽지 말고, 최소 세 번은 원고를 출력하여 고치도록 한다. 단문으로 고치기, 어려운 단어 없애기, 주술 관계 호응 확인, 문단별 메시지 일관성 등 앞에서 다룬 '퇴고 시 체크리스트'를 참고하여 글을 고친다.

7. 출판기획서 작성

출판사에 투고하기 전에 출판기획서를 작성한다. 출판사에서 왜 내 책을 내야 하는지, 내 책을 출판하면 얼마나 많은 판매가 이루어질지에 대한 이야기를 담는 것이다. 즉, '내 책이 이러이러한 이유로 많이 팔릴 테니 출판해야 해요'라고 제1 독자인 편집자에게 말을 거는 것이다.

8. 투고

출판사 이메일을 수집한다. 최소 300곳 이상에 이메일로 투고하도록 한다. 100퍼센트 완성해서 투고하는 것을 대원칙으로 한다. 경우에 따라 원고 일부를 검토하고 계약하기도 한다. 원고를 보낸 후에는 일주일에서 한 달 정도 기다리되, 연락이 오지 않을 수도 있다.

9. 출판 계약

출판 계약을 할 때는 출판사의 태도가 가장 중요하다. 계약 시 체크포인트는 인세와 계약금, 출판 시기, 마케팅 방법 등이다. 요즘에는 대부분 초판 1,500~2,000부를 인쇄한다. 일반적으로 초판 부수가 많으면 저자에게 유리하다. 그만큼 출판사에서 판매에 자신이 있다는 것을 보여주기 때문이다.

전자책에 대한 합의도 보아야 한다. 전자책 인세의 경우 대체로 20~30퍼센트 수준이다. 출판 이후 강연회 지원도 대략적인 이야기를 나누도록 한다.

10. 원고 편집

책임 편집을 담당하는 편집자와 원고에 대해 대화를 많이 나누는 것이 중요하다. 조판 후 교정은 일반적으로 3~4차 정도 진행된다. 교정과 동시에 편집자는 저자와 논의하여 제목과 부제, 띠지 문구를 정하고, 표지 작업을 진행한다.

11. SNS 채널 구축

장기적인 관점을 가지고 SNS 채널을 구축해야 한다. 현재 대세는 유튜브, 팟캐스트, 페이스북이다. 근래에는 페이스북의 힘이 조금 약해진 감이 있다. 유튜브가 큰 힘을 받고 있다. SNS는 철저한 전략을 세운 후 치밀하게 접근해야 한다. 강도 높은 실행력이 관건! 출판사에서 출간을 준비하는 편집 기간까지 저자에겐 약간의 시간이 확보되므로, SNS 채널 관리에 집중할 시간이 있는 편이다.

12. 출간 후

대부분의 책 판매는 2주에서 4주 안에 판가름이 난다. 최근에는 책의 수명이 더 짧아지고 있다. 그만큼 마케팅 아이디어가 필요하다. 저자는 책을 쓰기만 해서는 안 되고, 마케팅력까지도 있어야 한다. 책이 나오기 전, 저자는 출판사와 홍보에 대해 다양한 이야기를 나눈다.

그리고 저자는 다음 책을 준비해야 한다. 2년에 한 권 정도 책을 쓰는 것을 권하고 싶다. 자신의 페이스에 맞게 계획을 세운 후 지속적으로.

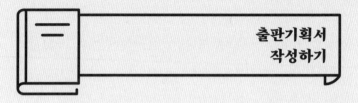

출판기획서
작성하기

출판사에 투고를 할 때는 출판기획서를 함께 보내야 한다. 출판기획서는 한마디로 말하면 출판사에 보내는 투자제안서와 같다. '내 책은 이런 이유 때문에 많이 팔릴 것이니 출판해주세요'라는. 출판기획서에는 왜 이 책을 출간해야 하는지에 대한 설득이 담겨야 한다. 왜 책이 잘 팔릴 것인가에 대해 이야기해야 한다. '아! 반드시 팔릴 수 있겠다!'는 마음을 불러일으키는 출판기획서인지 평소 서점에서 책을 고르는 독자 입장이 되어 살펴보자. 출판기획서는 다음 항목을 토대로 작성한다.

1. 저자 소개

이야기를 하듯 스토리를 담아 자기소개한다. 왜 이 글을 쓰게 되었는지에 대한 내용을 담아 출판사가 저자에 대한 신뢰를 갖도록 만든다.

1) 학력 사항

원고에 대한 공정하고 좋은 평가를 얻기 위해 출신 대학이나 대학원을 밝히기도 한다. 출신 대학이 좋지 않으면 생략 가능하다.

2) 경력 사항

- 저자의 특이 사항을 스토리텔링하듯 흥미롭게 부각한다.
- 해당 원고에 힘을 줄 수 있는 모든 경력을 적도록 한다. 원고와 관련성이 없더라도 조금이라도 도움이 되거나 나를 긍정적으로 판단하는 데 유리한 경력이라면 적는 게 좋다.

2. 도서 소개

1) 제목

- 제목 후보군은 이 책의 콘셉트를 드러낼 수 있는 키워드를 담아 제시한다.
- 기본적으로 책의 제목은 출판사의 입김이 많이 작용한다. 그러나 저자가 지은 가제가 책의 콘셉트를 판단할 수 있도록 돕는다.

2) 기획 의도

- 이 책을 집필하게 된 계기와 의도를 적는다.
- 기획 의도를 통해서 출판 시장에 대한 시각, 출간 후 마케팅 방안 등도 제시한다.

3) 한 줄 설명

- 원고에 대해 한 문장으로 말할 수 있어야 한다. 원고의 콘셉트, 원고가 가진 강력한 경쟁력 및 차별화 포인트를 임팩트 있게 부각한다.

4) 핵심 요약

- 원고에 대해서 간단하게 요약한다. 전체 줄거리를 적지 말고,

키워드별로 3~4문장 정도로 정리한다.

3. 시장 조사 및 마케팅 방안

1) 분야

- 내 책이 자기계발, 인문, 에세이 등 어느 분야에 해당하는지 밝힌다.

2) 대상 독자층

- 이 책을 읽을 타깃독자가 누구인가? 주 독자층을 중심으로 확산 가능한 2차 독자층도 밝힌다.
- 타깃독자가 이 책을 왜 읽어야 하는가?

3) 시장 환경 및 경쟁 도서

- 현재 출판 시장의 트렌드 및 경쟁 도서에 대해 분석한다. 해당 분야 경쟁 도서의 장단점을 제시하면서 내 책의 주요 전략과 차별화 포인트를 드러낸다.

4) 판매 전략

- 판매를 위해서는 출판사와 저자가 함께 애써야 한다. 우선 저자가 어떻게 책을 판매할 수 있는지 제안할 수 있어야 한

다. 책을 쓴 사람부터 텍스트를 잘 알릴 수 있는 마케팅 방안을 고민해야 한다.

- 처음 책을 쓰는 사람일수록 저자 인지도가 낮기 때문에 원고의 콘셉트와 내용이 절대적으로 중요하다. 콘셉트 자체가 판매 전략이 되어야 한다.